어쩌면, 괜찮아지는 중이야

오늘도 애쓴 너에게 건네는 작은 안부

어쩌면, 괜찮아지는 중이야

초판 1쇄 인쇄일 2025년 12월 05일
초판 1쇄 발행일 2026년 01월 05일

지은이 이안정
펴낸이 양옥매
디자인 표지혜
마케팅 승용호
교 정 조준경

펴낸곳 도서출판 책과나무
출판등록 제2012-000376
주소 서울특별시 마포구 방울내로 79 이노빌딩 302호
대표전화 02.372.1537 팩스 02.372.1538
이메일 booknamu2007@naver.com
홈페이지 www.booknamu.com
ISBN 979-11-6752-715-8 (03800)

어쩌면,

괜찮아지는
중이야

오늘도 애쓴 너에게 건네는 작은 안부

이안정 지음

책과나무

프롤로그

"당신이 몰랐을 뿐, 당신은 언제나 빛나고 있었어요"

어떤 날은 그저 하루를 온전히 견뎌냈다는 이유만으로
누군가에게 조용히 칭찬받고 싶은 날이 있습니다.

겉으론 아무 일도 없었던 하루였지만
마음속은 끊임없이 일렁였고
말 한마디로도 무너질 것 같던 감정들을
아무에게도 털어놓지 못한 채 삼켜야 했던 날들

그 무게를 껴안고도 묵묵히 지나온 당신에게
이 책은 작은 쉼표이자 마음을 놓아주는
연습장이 되길 바랍니다.

오늘도 잘 버텨낸 당신에게

그저 이렇게 말해주고 싶어요.

오늘이 유난히 괜찮지 않았다면
그건 어쩌면 내일을 위한 여백일지도 몰라요.

빛은 언제나 어둠을 지나
더 깊고, 더 단단해지며 밝아지니까요.

우리는 때로 너무 깊은 밤 속에 서 있다 보면
그 어둠이 나를 삼켜버릴까 두려워지곤 합니다.
하지만 잊지 마세요.

어둠이 짙어질수록
당신의 마음은 그 속에서 더 선명히 반짝이고 있었어요.

달이 뜨기 전,
사실은 당신의 마음이 먼저 빛나고 있었어요.

당신이 미처 알아차리지 못한 그 빛을

어쩌면, 괜찮아지는 중이야

이제 내가 조용히 기억해 줄게요.

이 책 속의 문장들이
긴 하루 끝, 당신의 마음에 살짝 닿아
잠시라도 스스로를 다정히 안아주는 시간이 되길 바랍니다.

지금 이 글을 읽고 있는 당신
그 존재만으로 이미 충분히 빛나고 있어요.
오늘도 그렇게, 고요하게, 아름답게.

— 조용한 위로가 필요한 밤, 그 곁에서

작가 드림

3장 · 괜찮지 않아도 빛나는 순간이 있으니까

4장 · 단 한 번뿐인 삶이니까, 오늘도 다정하게

1장

울지 않았다고,
아프지 않았던 건
아니니까

1

넘어진 자리에서 다시 빛나기 시작했다

몇 해 전, 베란다 창가에 놓아둔 화분 하나가 있었다.
친구와 함께 심은 작은 꽃이었는데
물을 제때 주지 못해 결국 잎이 시들고
줄기마저 고개를 떨구었다.

"이제 죽은 건가."

그렇게 중얼거리며 화분조차 잘 돌보지 못했다는
자책이 마음을 짓눌렀다.
한동안 창가 구석에 모르는 척 밀어두며 애써 외면했다.

하지만 마음 한켠은 여전히 그 작은 화분을 향해 있었다.

나는 솔직히 별 기대 없이 그저 무너진 하루의 끝에

작은 위로처럼

매일 조금씩 물을 주기 시작했다.

그러던 어느 날, 잿빛 흙 사이에서

연둣빛의 아주 여린 새싹 하나가 고개를 내밀었다.

그건 아직 남아 있던 뿌리가 조용히 품어온 기적이었다.

작고 연약했지만, 그 싹은 다시 살아보겠다는 마음처럼

햇살을 향해 미세하게 떨며 반짝였다.

그 순간, 나는 삶도 저 화분과 같다고 생각했다.

누구나 지치고 쓰러질 때가 있다.

다만 시간이 필요할 뿐,

다시 물을 머금고 숨을 고를 기회를 기다리는 것이다.

그것이 결코 끝은 아니다.

작은 물 한 방울의 희망과 기다림이 있다면

우리는 다시 일어설 수 있다.

그리고 그 순간이야말로, 삶이 가장 깊고도

찬란하게 빛나는 순간이다.

"넘어지지 않았기 때문이 아니라,

쓰러진 자리에서 다시 피어났기 때문에

더 단단하고 아름다운 것이다."

그러니, 무언가를 꼭 해내지 않아도 괜찮다.

최고의 결과를 내지 못했더라도

지친 마음에 아무것도 손에 잡히지 않았더라도 괜찮다.

그럼에도 오늘 하루를 포기하지 않고

일어났고, 숨을 쉬었고,

침묵 속에서 묵묵히 자기 자리를 지켜냈다면

그것만으로도 당신은 충분히 빛나는 사람이다.

"별처럼 반짝이지 않아도 괜찮다.

등불처럼 밝지 않아도 괜찮다.

그저 꺼지지 않고 살아 있는 것만으로도

당신은 이미 빛이다."

나는 힘든 날이면 이 문장을 꺼내어

마치 오래된 편지를 펼치듯 한 글자 한 글자 마음에 천천히

어쩌면, 괜찮아지는 중이야

새겨보곤 한다.

우리는 꽃을 보며 아름답다고 말하지만
그 꽃을 지탱하는 잎은 쉽게 지나쳐 버린다.
잎을 본다 해도 줄기의 존재는 좀처럼 떠올리지 않는다.
그리고 끝내, 가장 아래에서 묵묵히 버티고 있는
뿌리에 대해서는
생각조차 하지 않으려 한다.
보이지 않는 것들 덕분에 눈부신 것이 피어났다는 사실을
우리는 자주 잊고 살아간다.

진짜 깊이를 갖고 싶다면
우리는 높이가 아니라 뿌리를 먼저 바라보아야 한다.
눈에 띄는 성취나 겉모습보다 그 아래에서
무엇이 그것을 지탱하고 있는지를 묻는 것.
그 물음이 쌓일수록 비로소 단단해지고 깊어진다.
나무가 높이 자라기 위해선 그만큼 깊고 넓은
뿌리가 필요하듯,
사람도 깊이 있는 삶을 살기 위해선 보이지 않는

내면과 끊임없이 마주해야 한다.

그 깊이야말로 어떤 바람에도 쉽게 흔들리지 않는

진짜 힘이 되어준다.

그래서 나는 자주 내 안의 뿌리를

들여다보기 위해 노력한다.

눈부시게 화려하지 않아도 괜찮다.

사람들에게 드러나지 않는다 해도 괜찮다.

나를 지탱해온 시간과 마음이 분명 거기 있었으니까.

비바람을 견딘 흔적, 스스로를 다독인 수많은 밤들,

말하지 않아도 누구보다 애썼던 순간들이

나라는 존재의 뿌리를

더 깊고 넓게 만들어왔다는 것을 이제는 알고 있다.

남과 비교하지 않아도 괜찮다.

누군가는 꽃으로 피어날 때

누군가는 여전히 뿌리로 살아가고 있는 중이니까.

성장은 보이지 않는 자리에서도 묵묵히

이루어지고 있다는 것을

우리, 잊지 않았으면 한다.

때로는 멈춘 것 같아도 괜찮다.

당신은 지금도 누구보다 조용히 자신의 자리에서

자라고 있으니까.

더 단단하게, 더 깊게.

그건 세상이 생각하는 것보다

훨씬 더 아름답고 위대한 일이다.

“당신이 몰랐던 사이,

당신은 계속 빛나고 있었다.”

:: 조용히, 그러나 분명히 살아낸 당신에게

당신이 오늘 한 일은
누군가에겐 작아 보일지 몰라도
스스로를 지켜냈다는 점에서
세상 그 어떤 것보다 위대한 선택이었어요.
남들은 몰라도, 저는 압니다.
당신이 얼마나 애쓰며 걸어왔는지.
말없이 감정을 삼키며
하루를 끝내야 했던 그 수많은 밤을요.

"당신이 조용히 버텨낸 시간은
아무것도 아닌 게 아니라,
당신을 지켜낸 사랑이었다."

세상은 반짝이는 것만을 '빛'이라고 말하죠.
하지만 저는 믿어요.

어쩌면, 괜찮아지는 중이야

당신처럼 느리게, 깊게, 조용히 버텨낸 존재야말로

진짜 빛이라고.

당신이 참아낸 그 수많은 밤은

결코 헛되지 않았어요.

그 어둠 속에서도

당신의 마음은

이미 스스로를 비추고 있었거든요.

"달이 뜨기 전,

가장 먼저 어둠을 이긴 건

바로 당신의 마음이었다."

오늘 하루도 최선을 다해 버텨낸 당신,

정말 잘하셨어요.

이제는 자신에게

조금 다정해도 괜찮지 않을까요?

2

한 마리의 고등어가 시가 되는 밤이 있다

마트 냉장 진열대 한쪽 구석,

조용히 누워 있는 고등어 한 손을 보았다.

가슴 한쪽이 저릿했다.

반짝이지도 않고, 살이 꽉 찬 것도 아닌 그 흔하고도 소박한

생선 한 마리.

그런데 이상하게도 그 은빛 비늘 사이로

어머니의 주름진 손등이 스쳤다.

누렇게 기름 묻은 프라이팬 위에서 지글지글 익어가던

우리 집 저녁 밥상이 떠올랐다.

어쩌면, 괜찮아지는 중이야

"한 마리의 고등어로도
한 집의 밤은 충분히 시가 된다."

가난하다는 말을 입에 올리지 않아도
가끔 식탁 위에 올려졌던 고등어가 모든 걸 대신했다.
한 점씩 살을 떼어 나누며
눈빛으로 안부를 묻고,
국물로 마음을 데우던 시간들.
어머니와 아버지는 언제나 가장 맛있는 부분을
우리에게 먼저 내어주시고,
끝내 꼬리나 살이 거의 없는 머리만 드셨다.

그 시절의 고등어는 그저 반찬이 아니었다.
말하지 않아도 괜찮은 날의 위로였고,
파도처럼 출렁이는 마음을 붙들어주는 작은 닻이었다.

"우리는 몰랐다.
그 식탁 위의 조용한 저녁이
얼마나 뜨거운 사랑이었는지."

가끔은 고등어의 짠 국물에 슬쩍 묻어 들어간 눈물이 있었다.
어린 마음에 말 못 할 서러움이 있었고
어른들은 허기를 채우며 마음속 허전함을 덮으려 애썼다.
하지만 지금 돌아보면 그 작은 식탁 위에
우리가 몰래 품고 있던 시가 있었다.

불 앞에 선 어머니의 뒷모습,
말없이 접시를 돌리던 아버지의 손길,
조용히 웃던 언니들과 동생들의 얼굴,
그리고 그 한가운데 놓인 고등어 한 마리.

"시는 늘 종이 위에만 적히는 게 아니었다.
어떤 시는 불 앞에서 익고,
국물에 스며들고,
입안에 머물다 가슴에 남는다."

그 밤의 고등어는 생선이 아니라
사랑이었고, 위로였으며,
고단한 삶을 견디게 해주는 언어였다.

어쩌면, 괜찮아지는 중이야

누군가에겐 유명한 시집 한 권보다
그 시절의 고등어 한 손이 더 따뜻한 문장이 된다.

고등어 굽는 냄새에 밥 짓는 소리가 섞이던 저녁.
서툴고 가난했지만 우리는 사실, 매일 시를 먹고 살았던 것이다.

요즘은 에어프라이어와 전자레인지, AI가 추천하는 레시피가
일상의 주방을 채운다.
풍족함 속에서 우리는 점점 더 '사람 냄새'를 잃어가고 있는지
도 모른다.

> "행복은 거창하지 않다.
> 지글지글 고등어 굽는 소리, 밥 짓는 냄새에 스며 있는
> 그 한순간일지도 모른다."

행복은 꿈을 이루거나 큰 성취를 하거나
누군가의 부러움을 사야만 얻을 수 있는 특별한 감정이 아니다.
어쩌면, 우리가 행복을 너무 크고 멀리서 찾았기에
불행을 스스로 선택한 건 아닐까.

행복하지 않다고 해서 곧바로 불행한 것도 아니고,

불행하다고 해서 행복이 불가능한 것도 아니다.

그 단순한 이분법이 우리를 자꾸만 삶의 중심에서

밀어내고 있었는지도 모른다.

행복은 결국,

지극히 평범한 저녁 속에서

누군가를 위해 구워낸 고등어 한 마리의 지글거림 속에서

아무 말 없이 건네는 밥 한술의 온기 속에서

소리 없이 피어나는 시 한 편일지도 모른다.

:: 삶이라는 시집 속에서 당신에게 드리는 작은 고백

어쩌면 당신도 그런 밤을 기억하고 있을지 모르겠습니다.

반찬이 풍족하지 않았던 저녁.
그러나 온 식구가 둥글게 둘러앉아 밥 한 그릇에 삶을 나누던
그 시절.

당신의 삶이 너무 삭막하게만 느껴진다면
그 모든 디지털 소음 속에서
잠시 멈추어 '사람 냄새' 나는 기억 하나를 꺼내 보세요.
그리고 묻지 않아도 아는 사랑의 온도를 떠올려 보세요.

우리가 시를 잊은 게 아닙니다.
다만, 삶이 이미 우리 안에 시로 존재하고 있다는 사실을 잠시
놓친 것뿐입니다.

시는 특별한 사람들만 쓰는 것이 아닙니다.

출판된 책 속에만 있는 것도,

상을 받은 작품만이 시인 것도 아닙니다.

"살아낸다는 것, 그것이 이미 한 편의 시이니까요."

누구나 품고 있는 아픔

말없이 삼킨 눈물

그 모든 순간은 삶이라는 시 속에

고요히 녹아 있는 언어입니다.

누군가는 종이에 시를 적지만,

누군가는 냉장고 속 고등어 한 손,

가스 불 위 지글거리는 소리,

그것만으로도 충분히 삶을 읊습니다.

"시는 쓰는 것이 아니라

당신의 삶 속에서 견디고 껴안는 것입니다."

어쩌면, 괜찮아지는 중이야

그러니 부디 잊지 마세요.

당신이 지금 웃고 있다면,

그건 슬픔을 견뎌낸 자만이 가질 수 있는 시구이고,

당신이 지금 울고 있다면,

그건 가장 진실한 시의 리듬입니다.

우리가 일상에서 놓쳐온 감정과

무심코 지나쳐온 따뜻한 순간들을

오늘 밤, 조용히 시처럼 품어보는 건 어떨까요?

3

열정의 유통기한은 당신이 정한다

한때는 가슴이 뛰었다.

작은 가능성에도 설렜고, 잠을 줄여가며 나를 불태웠다.

그때는 그게 전부인 줄 알았다.

늘 뭔가를 배우고 싶었고,

누군가 앞에 나서는 일이 두렵지 않았다.

더 잘하고 싶다는 마음 하나로 밤을 새웠고

실패 앞에서도 쉽게 무너지지 않았다.

그 시절의 나는 나를 믿었다.

열정은 나의 다른 이름이었던 것이다.

어쩌면, 괜찮아지는 중이야

하지만 어느 순간, 불이 잦아들기 시작했다.

더 이상 두근거림이 느껴지지 않았고

일은 해야 하니까 하게 되었고

무언가를 해도 '의미'보다는 '효율'을 먼저 따지게 되었다.

익숙함이라는 이름의 안개 속에서

예전처럼 뜨겁지 않은 나를 자주 마주하게 되었다.

> "열정은 타오르기만 하는 게 아니다.
> 때로는 천천히 식어가며 삶이 된다."

나는 한참을 그 열정을 되살리려 애썼다.

'그때의 나'로 돌아가고 싶어 계획을 세우고,

새로운 일에 도전하고,

때로는 나 자신을 책망하기도 했다.

'왜 예전만큼 불타오르지 못할까.'

'내가 변한 걸까, 아니면 지쳐버린 걸까.'

하지만 문득 생각했다.

'혹시 열정에도 유효기간이 있는 건 아닐까.'

아니, 더 정확히는

유효기간이 있는 건 열정 그 자체가 아니라

열정의 모양일지도 모른다.

예전의 열정은 불꽃 같았다.

멀리서도 보일 만큼 강렬했고,

뜨겁게 타올라 찬란한 빛을 쏟아냈다.

그러나 지금의 열정은 잔불처럼 은은하다.

눈에 잘 띄지 않지만 바람에도 꺼지지 않고,

오래도록 나를 조용히 데워주는 무엇이다.

과거엔 빠르게 질주했다면,

지금은 천천히, 더 멀리 걸어가고 있다.

그때는 무언가를 '이뤄내는 나'가 자랑스러웠다면

이제는 무너지지 않고 '지켜내는 나'를 오래 안아주고 싶다.

> "불꽃은 사라져도 따뜻함은 남는다.
>
> 그것이 진정한 열정의 흔적이다."

이제는 안다.

모든 열정이 눈부실 필요는 없다는 걸.

모든 순간이 벅차오를 필요는 없다는 걸.

지금 나를 지탱하고 있는 건

화려한 불꽃이 아니라,

작지만 끈질긴 지속성, 익숙한 책임감,

그리고 성숙한 애정이라는 걸.

어쩌면 우리는 '뜨거움'만을 열정이라 착각해왔는지도 모른다.

그러나 가장 오래 남는 것은 불꽃이 아니라 불씨다.

가끔은 타오르기도 하지만, 대부분은 조용히 나를 지키며

어느 날 문득 다시 나를 앞으로 나아가게 하는

힘이기 때문이다.

"열정의 끝은 사라짐이 아니라

나를 지키는 일상이 되는 것이다."

그러니 당신도 너무 조급해하지 않았으면 좋겠다.

지금의 당신이 예전만큼 빛나지 않아 보여도

그건 끝이 아니라 새로운 방식으로 타오르는 중이니까.

때로는 뜨겁지 않아야 오래 갈 수 있다.

화려하지 않아야 지킬 수 있는 것들도 있다.

지금의 당신이 바로 그 조용한 열정의

가장 아름다운 모양일지도 모른다.

"열정에도 계절이 있다.

봄처럼 타오르고 여름처럼 번져가다

가을엔 깊어지고 겨울엔 삶이 된다."

어쩌면, 괜찮아지는 중이야

:: 누구보다 뜨겁게 타올랐던 당신에게

예전만큼 뜨겁지 않다고 해서

당신의 열정이 사라진 건 아니에요.

그건 단지,

불꽃이 잔불이 된 것처럼

당신의 마음이 조용한 온기로

모양을 바꾼 것뿐이에요.

누군가는 여전히 불을 지피며 달리고 있겠지만

그 곁에서 우리는 조용히 숨을 고르며 살아가요.

때로는 타오르지 않는 것도 살아 있다는 증거니까요.

열정엔 유효기간이 없어요.

다만, 계절처럼 변할 뿐이에요.

봄의 설렘,

여름의 불꽃,

가을의 깊이,

겨울의 침묵.

당신은 지금

당신만의 계절을 걷고 있을 거예요.

그러니 부디 스스로를 너무 재촉하지 않았으면 해요.

"지금 이 순간도

당신의 삶은

여전히,

충분히 뜨겁고

아름답습니다."

어쩌면, 괜찮아지는 중이야

4

울지 않았다고 아프지 않았던 건 아니다

중학교 시절, 늘 밝고 활발한 친구가 있었다.

언제나 장난을 치며

교실을 웃음으로 가득 채우던 그 친구는 내 짝꿍이었다.

쉬는 시간마다 반 아이들을 놀리며 깔깔 웃었고,

공책 한 귀퉁이에 장난스러운 그림을 그려 넣곤 했다.

그러던 어느 날, 우연히 그 친구의 책 귀퉁이에 적힌

낙서를 보게 되었다.

수업시간마다 고개를 숙여 선생님의 판서를

열심히 쓰고 있다고만 생각했는데,

거기에는 아무에게도 말하지 못한

힘든 이야기들이 조심스럽게 적혀 있었다.

그때 나는 알았다.

요란하게 울지 않았다고 해서

아프지 않았던 건 아니라는 것을.

나는 조용히 다가가 "힘들었구나" 하고 말해주고 싶었다.

하지만, 왠지 그러면 안 될 거 같아

그저 작은 사탕 하나를 건네는 것으로 마음을 대신했다.

그 경험은 오랫동안 내 안에 남았다.

사람의 아픔은 반드시 소리로 드러나는 게 아니다.

때로는 고요함 속에, 번진 글씨 속에,

혹은 침묵 속에 더 깊이 숨어 있다.

중요한 건, 요란하지 않아도

그 고통을 알아채고 곁에 있어 주는 마음이라는 것을.

그래서 나는 어른이 된 지금,

어쩌면, 괜찮아지는 중이야

누군가에겐 지극히 평범해 보였던 하루가
다른 누군가에겐 감당하기 어려운 무게였다는 걸 알고 있다.

힘든 내색을 하지 않아서 누구보다 더 외로웠을 당신.
지쳐도 걷는 길을 멈추지 않았던 당신.
혼자서 묵묵하게 걸어왔던 당신에게
오늘 꼭 전하고 싶은 말이 있다.

"세상이 알아주지 않아도 괜찮다.
당신이 포기하지 않았다는 사실 하나면
그걸로 충분하다."

아픔과 상처는 대개 견디기 힘든 것으로 여겨지지만,
어느 순간 우리는 깨닫게 된다.
그 아픔이 결국 위로로 변해 있었다는 것을.

그 덕분에 비슷한 상처를 가진 사람 앞에서
말없이 고개를 끄덕일 수도 있고,
타인의 아픔을 향해 함부로 판단하지 않게 된다.

그렇게 내가 겪은 슬픔이 누군가에게는 언어가 되어주고,
내가 건너온 어둠은 누군가의 불을 밝혀주는
작은 불씨가 되기도 한다.

그래서 아픔은 때론 위로가 된다.
그렇기에 온전히 사라지지 않아도 괜찮다.
그 아픔이 당신을 더 다정한 사람으로,
더 단단한 사람으로 만들어주고 있으니까.

> "당신이 버텨온 그 모든 순간은
> 멈춤이 아니라,
> 조용히 피어나는 생의 기적이었다."

가끔은 그런 생각이 든다.
우리를 흔드는 것이 정말 바람일까.
아니면 우리가 그 바람 앞에 너무 단단히 서 있으려
애썼던 건 아닐까 하고.
어쩌면 바람은 그냥 스쳐 지나가려 했을지도 모른다.

그런데 우리는 그것을 맞서야 할 무언가로 여긴 채
정면으로 부딪히며 더 아프고, 더 지치고,
그렇게 이미 지쳐버린 건 아닐까.

결국, 고통이라는 것도
어떻게 바라보느냐에 따라 다른 얼굴을 하고 다가온다.
그러니 지금 당신에게 쏟아지는 비바람을
그저 견뎌야 할 아픈 고통이라 단정 짓지 말기를 바란다.

그 시간이 지나고 나면
어쩌면, 당신의 하늘에는
가장 찬란하고 놀라운 무지개가 떠오를지도 모르니까.

비바람은 때론,
우리가 더 멀리 볼 수 있도록
하늘을 씻어내는 시간일지도 모른다.

> "비바람은 견디는 것이 아니라
> 당신이 무지개가 되는 길목일지도 모른다."

:: 세상이 몰라도, 조용히 빛나고 있었던 당신에게

지금 이 글을 읽고 있는 당신,
말없이 견디며 살아온 그 날들을
아무도 기억하지 못할지라도
당신의 마음은 전부 기억하고 있어요.

조용히, 그러나 분명히 자신을 지켜낸 당신의 시간은
그 무엇보다 값지고 단단했습니다.

"조용히 버틴 하루는
누구보다 뜨겁게 살아낸 하루였어요."

당신의 단단한 내면은 넘어질 듯 흔들리면서도
결국 멈추지 않고 한 걸음 더 나아갔죠.

그러니 비틀거려도 괜찮아요.

어쩌면, 괜찮아지는 중이야

가끔은 멈춰도 괜찮아요.

포기하지 않았다는 그 사실 하나만으로
당신은 이미 충분히
아름답게 앞으로 걷고 있었으니까요.

　　　"누가 봐주지 않아도
　　　당신이 살아낸 그 하루는
　　　삶의 가장 찬란한 기록이에요."

부디 오늘만큼은
그 위대한 하루를 버틴 당신에게
가장 다정한 말을 건네주세요.

　　　"괜찮아, 참 잘했어."
　　　"그렇게 조용히 살아낸 오늘도 빛나고 있어."

5

비보호 신호처럼 인생도 스스로
건너야 할 때가 있다

운전대를 잡고 교차로 앞에 섰다.

신호는 초록불이었지만,

마음은 여전히 빨간불처럼 조심스러웠다.

비보호 좌회전 구간이었다.

신호는 내게 길을 허락했지만,

누구도 "지금 가도 된다"고 말해주지 않았다.

건너편에서 달려오는 차들을 바라보며

나는 스스로 판단해야 했다.

멈출지, 나아갈지.

그 누구도 대신 정해주지 않는

오직 나의 결정만이 중요한 순간이었다.

그때 문득 이런 생각이 들었다.

"인생도, 어쩌면 이 비보호 신호처럼 움직이는 게 아닐까."

누군가의 확신이 아닌

내 마음의 속도와 타이밍에 따라 움직이는 것.

때로는 누군가가 신호를 줬으면 하는 순간들이 있다.

"지금 괜찮아."

"이제 해도 돼."

그런 말 한마디가 있다면 얼마나 마음이 놓일까 싶다.

하지만 진짜 중요한 선택 앞에서는

늘 이런 비보호의 고요한 신호만이 반짝일 뿐이다.

누구도 정답을 가르쳐주지 않는 시간.

그래서 더 어렵고,

그래서 더 용기가 필요한 시간.

"비보호 구간은 불안하지만
그만큼 가장 '나다운' 결정을 내릴 수 있는 시간이다."

이직을 고민할 때,
관계를 끝낼까 말까 갈등할 때,
새로운 도전을 시작할지 망설일 때,
삶의 여러 갈래길 앞에서도
우리는 늘 이런 비보호의 순간을 마주하게 된다.

그때마다 스스로에게 묻는다.
"지금 가도 괜찮을까?"

하지만 결국,
움직이는 것도, 멈추는 것도
모두 내 판단의 몫이다.

나는 그날
차들이 잠시 멈춘 짧은 틈 사이로
조심스럽게 핸들을 꺾어 좌회전했다.

어쩌면, 괜찮아지는 중이야

그리고 다시 한번 다짐했다.

인생의 갈림길 앞에서도 이렇게,

내 타이밍에 맞춰 나아가면 되는 거구나.

"비보호 신호는 우리에게 말해준다.

누구도 네 삶의 신호등이 되어줄 순 없다고

그러니 조심스럽게, 그러나 스스로 판단해서

한 걸음 내딛으라고."

인생은 늘 보호받을 수만은 없다.

누군가는 신호를 기다리다가 기회를 놓치고,

누군가는 과속하다 부딪히기도 한다.

하지만 중요한 건,

그 신호 앞에서 나만의 속도로

나아가는 용기를 갖는 일이다.

그러니 지금 당신 앞에 놓인 갈림길이 있다면

너무 주저하지 않아도 된다.

삶이라는 도로에는

수없이 많은 비보호 구간이 있고,

그 모든 순간을 지나며

당신은 스스로를 더 믿는 법을 배우게 될 테니까.

"내가 내린 결정이 실수일까 두려울 때도 있었지만,

지나고 나면 그것조차

나를 성장시킨 길이었음을 깨닫게 된다."

:: 인생이라는 운전대를 잡고 있는 당신에게

"이 길이 맞는지, 저 길이 더 나은지
누군가 신호를 내게 보내줬으면 좋겠다."

그런 마음으로 오늘도 멈춰 선 채
조용히 세상의 신호등만 바라보고 있지는 않나요?

하지만 인생은
언제나 친절하게 초록불만 켜주는 길이 아니에요.
오히려 '비보호 좌회전'처럼
스스로 타이밍을 보고,
용기를 내야 하는 구간들이 더 많습니다.

"어떤 길은 기다려도 신호가 오지 않아요.
그럴 땐, 멈춰서 세상을 탓하기보다
내 마음의 신호를 믿고 한 걸음 내딛어야 해요."

어쩌면 지금 당신이 마주한 그 선택의 기로는
누구보다 당신이 가장 잘 아는 길일지도 몰라요.
남들은 돌아가는 길이라고 말하겠지만,
그 길만이 당신을 진짜 당신에게로 데려다줄 수 있어요.

"비보호라도 괜찮아요.
지금 당신이 망설이며 세운 선택은
이미 당신 안에서 반짝이는 용기의 불빛이에요."

천천히 가도 괜찮아요.
망설이다 잠시 돌아서도 괜찮아요.
어디까지 왔는지보다 더 중요한 건,
당신이 '운전대를 스스로 잡고 있다'는 사실 하나뿐입니다.

"때로는 아무도 신호를 주지 않을 때
가장 멋진 방향 전환이 시작되기도 해요."

어쩌면, 괜찮아지는 중이야

6

조용히 흐르는 강물도 때론 세상을 바꾼다

당신은 마치 바다 아래 깊숙이 가라앉은 닻과도 같다.

표면 위로는 파도가 치고, 거센 바람이 밀려와도,

그 바다 밑바닥의 닻은 묵묵히 자리를 지키고 있다.

사람들의 눈에는 보이지 않지만

그 닻이 있기에 배는 떠내려가지 않고 제자리에 머물 수 있다.

당신도 그렇다.

고요해 보이는 하루 속에서도

당신은 보이지 않는 마음의 중심을 꼭 붙잡고 살아가고 있다.

흔들리는 것 같지만 결코 무너지지 않는 이유—

그건 당신 안에 있는 조용한 단단함 때문이다.

누군가는 눈에 띄는 일로 하루를 채우지만,
당신은 조용한 책임감과 묵묵한 온기로 하루를 견뎌낸다.
그 고요함 속에 깃든 용기와 존재의 힘은
어쩌면 세상 그 무엇보다도 크고 아름다운 것일지도 모른다.

"당신이 흔들리지 않는 건,
보이는 힘이 아니라
보이지 않는 중심이 있기 때문이다."

지하철을 타고, 버스에 오르고, 일터로 향하고,
해야 할 일을 조용히 마친 뒤
피곤한 몸을 이끌고 집으로 돌아오는 길.
아무도 그 노력을 알아주지 않더라도
그 고요한 흐름 속에는
수많은 감정과 결심이 있다.

크게 흔들리지 않고

조용히 삶을 살아내는 당신의 하루는
보이지 않는 깊은 강처럼 무게 있고 아름답다.

"세상은 드러나는 것만을 기억하려 하지만,
진짜 위대함은
아무 일 없는 하루를 묵묵히 견디는 당신처럼
고요한 이들에게 깃들어 있다."

그렇게 당신은
고요한 하루 속에서도 흔들림 없이 존재하며
누구보다 묵묵히, 그러나 분명하게
자신의 삶을 살아가고 있다.

누군가는 드라마틱한 큰 사건 속에서 의미를 찾고,
누군가는 눈부신 성취로 자신의 존재를 증명하려 하지만
당신은 말없이 단단한 뿌리처럼
지나가는 하루하루 속에 조용히 빛을 품고 있다.

그리고 그 사실을, 당신은 아직 모를지도 모른다.

하지만 바로 그런 당신에게, 삶은
가끔 아주 뜻밖의 방식으로 작은 선물을 건넨다.
그건 어쩌면,
당신이 애써 노력하지 않아도
자신을 지켜낸 시간 속에서 찾아온
조용한 기쁨일지도 모른다.

우리는 그것을 '세렌디피티(serendipity)'라고 부른다.
의도하지 않았지만 분명히 도착하는 축복,
우연처럼 다가오지만 사실은
당신이 오래 지켜낸 시간이 조용히 불러낸 응답이다.

"삶은 때때로, 아무 일도 없어 보이는 날 속에
가장 빛나는 선물을 숨겨두곤 한다."

그러니 어떤 날이든 너무 서두르지 않아도 괜찮다.
당신이 아무 일도 없던 하루라고 생각한 그 고요 속에서도
삶은 이미 당신을 향해
작은 기적을 준비하고 있을지도 모르니까.

어쩌면, 괜찮아지는 중이야

"조용히 흐르는 강물도
세상을 바꿀 수 있다는 걸
당신이 증명해주고 있다."

오늘도 '아무 일 없었다'는 말 뒤에
숨은 당신의 수많은 노력과 감정들.
나는 그것이 얼마나 단단하고,
얼마나 귀한 것인지를
말해주고 싶다.

오늘 하루도 평범했기에,
오히려 더 위대했던 날.

당신이 소리 없이 감정을 끌어안고
묵묵히 한 걸음씩 내디뎠다는 걸
저는 알고 있습니다.

당신의 삶이
언제나 드라마틱할 필요는 없습니다.
오히려 조용히 그 자리를 지켜낸 시간들이
당신을 더 단단하게, 빛나게 해줍니다.

"꽃이 피는 순간보다
눈에 띄지 않는 뿌리 내림이 더 깊은 법이에요."

누군가의 격려나 박수 없이도

당신은 오늘 하루를 지켜냈습니다.

그 사실 하나만으로도

당신은 충분히 고마운 존재입니다.

그러니 이 밤,

고요하게 다가오는 별빛처럼

당신의 하루를 따뜻하게 안아주시기를 바랍니다.

7

유화의 붓 자국처럼 실수는 용기의 흔적이 된다

나는 빈센트 반 고흐의 작품
〈별이 빛나는 밤〉을 정말 좋아한다.
그 그림 속 하늘은 단 한 번의 붓질로 완성된 것이 아니다.
수없이 겹쳐진 푸른 곡선과 노란 물감의 소용돌이가
어둠 속에서도 꺼지지 않는 빛을 만들어냈다.

그건 아마도 유화만이 가진 힘일 것이다.
덧칠하고, 마르고, 다시 덧입히며 색이 차곡차곡 쌓여간다.
실수처럼 번진 붓질도 결국은 또 다른 결이 되어
더 깊고 입체적인 풍경을 완성한다.

어쩌면, 괜찮아지는 중이야

삶도 이와 다르지 않다는 생각이 든다.

한 번의 선택으로, 한 번의 시도로 단번에 완성되는 법은 없다.

넘어지고 실패한 순간조차

시간이라는 바람 속에서 마르고 굳어

결국은 '나'라는 풍경의 한 부분이 된다.

그래서 나는 유화를 사랑한다.

그 속에는 지워지지 않는 상처마저 색으로 품어내는

느리고도 단단한 위로가 담겨 있기 때문이다.

그런 날들이 있다.

정말 열심히 했는데도 어긋나고

잘하고 싶었는데도 어설펐던 하루.

그럴 때면 나는 유화를 떠올린다.

한 번의 붓질로 완성되지 않는 그림.

겹겹의 덧칠 속에서 더 깊어지는 색.

그러나 실수는 잘못된 당신이 아니라

살아 있는 당신이 남긴 흔적일 뿐이다.

"유화의 두께가 작품의 깊이를 만들듯,
당신의 실수가 삶의 입체감을 만든다."

우리는 정해진 틀 안에서
빠르게 결론을 내리고 '정답'을 찾기 위해 애쓴다.
눈에 보이는 표면적인 정보만으로 판단해버리기도 한다.

하지만 눈에 보이는 정보 뒤에 숨겨진 맥락을 떠올리고
다른 각도에서 바라보는 법을 배울 때
비로소 평면적인 사고는 입체적인 사유로 확장된다.

그 과정에서 우리는 실수할 수 있다.
그러나 어쩌면,
실수는 우리를 더 다정하게, 더 깊게, 더 사람답게 만드는
가장 인간적인 성장의 과정인지도 모른다.
실수는 입체적으로 생각하려는 용기의 또 다른 이름이니까.

당신은 지금 정답보다 더 소중한 걸
배우고 있는 중일지도 모른다.

어쩌면, 괜찮아지는 중이야

완벽한 사람은 없지만,

실수를 통해 더 나은 내가 되어가려는 사람은

그 자체로 충분히 아름답다.

"지금 당신이 느끼는 막막함도 괜찮다.

그건 오히려 당신이 표면을 넘어서려는 증거일지 모른다.

평면 위에 단단한 무늬를 새겨가듯

생각에 깊이를 더하는 당신은

이미 아주 잘하고 있다."

그래서 나는 실수와 실패를 단순한 수치나

결과로 보지 않는다.

그것들은 평면적인 판단을 넘어서

입체적인 사고와 질적인 성장을 이끄는

통합의 과정이라 믿기 때문이다.

때로는 넘어졌기 때문에 알게 되는 길이 있고,

되돌아섰기 때문에 다시 볼 수 있는 것이 있다.

실수는 멈춤이 아니라

방향을 바꿔주는 친절한 신호일지도 모른다.

겉으로 보이는 결과만으로 스스로를 단정 짓지 말자.

실패 속에서 당신은

더 단단하게, 더 넓게 생각할 수 있는 사람으로

조용히 성장하고 있으니까.

:: 마음 한켠이 무거운 당신에게

오늘도 스스로를 다그치고 있진 않나요?

"내가 왜 그랬을까."

"조금만 더 잘했어야 했는데."

그 말들이 자꾸만 머릿속을 맴돌며

당신을 힘들게 하고 있진 않나요?

괜찮아요.

모든 사람은 실수하며 배워갑니다.

조금 어긋났다고 해서

당신이 부족한 사람이라는 건 아니에요.

"마음이 아팠던 만큼,

당신은 누군가의 마음도 더 잘 안아줄 수 있을 테니까."

그러니 오늘만큼은

지난날의 실수를 용서하고

조금 느슨하게, 조금 더 따뜻하게

자신을 안아주는 하루가 되었으면 좋겠습니다.

당신은 잘하고 있어요.

그리고 계속 잘 해낼 거예요.

어쩌면, 괜찮아지는 중이야

8

당신의 미소 하나가 누군가의 처방전이 된다

감기에 걸리면 우리는 병원에 간다.
기침이 나고 열이 나면
약을 먹고 푹 쉬면서 '곧 괜찮아질 거야'하고
스스로를 다독인다.

몸이 보내는 신호에는 익숙하다.
아프면 치료하면 된다는 걸
우리는 잘 알고 있으니까.

하지만 마음이 아플 때는 어떨까?

슬픈 소리가 나는 사람에게는
진단서도 없고, 약 봉투도 없고 입원실도 없다.

그래서 사람들은 아프면서도
그저 괜찮은 척, 아무렇지 않은 척
조용히 마음을 닫아버리곤 한다.

그런데 그런 마음에게도
분명히 효과가 있는 처방이 하나 있다.

그건 바로 누군가의 다정한 미소다.

"감기는 병원에 가면 낫지만
마음의 감기는 누군가의 미소가 약이 된다."

어떤 말보다 먼저 눈이 웃어주는 얼굴
침묵 속에서도 괜찮다고 말해주는 표정
스쳐 지나며 건네는 한마디

"오늘도 수고했어요"

그 모든 작고 따뜻한 마음들이
슬픈 사람에게는 약이 된다.

당신은 아마 몰랐을 것이다.
오늘 당신이 스쳐 지나며 건넨 그 짧은 인사,
그리고 아무 말 없이 지은 미소 하나가
누군가에겐 울음을 멈추게 하는 위로였다는 것을.

어떤 날엔
"그냥 웃자!" 하고 만든 억지웃음조차도
누군가의 하루를 지탱하는 힘이 되기도 한다.

> "작은 다정함은 마음에 남고,
> 미소는 조용히 누군가를 지킨다."

당신의 그 작은 다정함은
물속의 잔물결처럼 퍼져나가

보이지 않는 마음의 파장을 만들어
어느새 누군가의 어둠을
가만히 밝혀주고 있었을지도 모른다.

몸의 병에는 약이 필요하지만
마음의 병에는 사람이 약이다.
그러니 당신이 오늘
누군가를 향해 한 번 웃었다면,
그건 한 사람의 하루를 지켜낸
보이지 않는 처방전이었는지도 모른다.

"세상에 눈물의 소리가 들리지 않는다면,
아마 누군가가 조용히 미소 짓고 있기 때문일 것이다."

어쩌면, 괜찮아지는 중이야

:: 잔잔한 따뜻함이 번져가는 곳에서

당신의 미소는
생각보다 훨씬 먼 곳까지
다정하게 퍼져나가고 있어요.

누군가에겐 그 미소 하나로
"나도 괜찮을지도 몰라"라고
그렇게 마음을 다시 고쳐잡을 수 있는
순간이 되었을지도 모르죠.

"빛은 꼭 커야만 하지는 않아요.
당신이 머금은 웃음처럼
아주 작지만 분명한 온기로도
누군가의 삶을 비출 수 있으니까요."

그러니 부디,

오늘도 그 다정함을
자신에게도 조금 나눠주세요.

세상을 따뜻하게 감싸듯
당신의 미소가
당신 자신에게도 위로가 될 수 있기를.

"당신이 누군가에게 건네던 그 조용한

온기들이, 바람결에 실려와 당신 마음을

가장 따뜻한 색으로 물들이길."

2장

견뎌낸 시간은
헛되지
않으니까

1

소통은 이해보다 기다림으로 깊어진다

바람이 세차게 불어도
나무는 꺾이지 않는다.
그건 나무가 강해서가 아니라
바람과 함께 흔들릴 줄 알기 때문이다.

누군가와의 소통도 그렇다.
내 말이 바람처럼 빠르게 가 닿는다고 해서
상대의 마음이 움직이는 건 아니다.

진짜 소통은

어쩌면, 괜찮아지는 중이야

내 마음의 절반쯤을 꺼내어

그 사람 앞에 조용히 내려놓는 일이다.

"소통은 내 말을 전하는 일이 아니라

상대의 말이 머물 수 있는 자리를 만들어 주는 일이다."

내가 가진 신념만을 끝까지 꽉 움켜쥐고 있다면

상대의 마음은 어디에도 뿌리내릴 자리를 찾지 못할 것이다.

소통이란, 나를 비우는 일이다.

그건 내 마음을 덜어내는 용기이다.

가장 단단한 설득은

결국 내가 먼저 한 걸음 뒤로 물러설 때 시작된다.

내가 틀리지 않았다는 걸 증명하기보다

상대가 틀렸다는 죄책감을 느끼지 않게 해주는 것.

그게 진짜 마음이 닿는 방식일지도 모른다.

소통은 절대 '맞힌다'는 게임이 아니다.

정답을 내는 순간 멀어지는

그래서 늘 열려 있어야만 닿을 수 있는 문이다.

가끔 우리는 상대방의 문을 두드리면서도

정작 내 문은 굳게 닫은 채일 때가 있다.

그럴 땐 기억해야 한다.

문을 연 사람에게만

다른 이의 마음도 스르르 열리는 법이라는 걸.

"내가 모든 걸 설명하지 않아도 되고

상대가 모든 걸 말하지 않아도 되는 그 순간

진정한 소통은 시작된다."

그래서 소통은 가끔 투명한 다리 같다.

두 사람 사이, 허공에 놓인 다리.

처음 그 위에 발을 디딜 땐 누구나 망설인다.

'내가 무너지진 않을까.'

'저 사람은 끝까지 와줄까.'

의심과 두려움이 바닥에 비친다.

하지만 누군가는 먼저 발을 내디뎌야 한다.

소통은 용기 있는 한 사람이

자신의 마음을 절반쯤 꺼내

다리 위에 놓는 순간부터 시작된다.

그 절반은 말일 수도 있고,

눈빛일 수도 있고,

그저 "응" 하고 고개를 끄덕이는 작은 몸짓일 수도 있다.

그리고 나머지 절반은 내 생각의 절반을

내려놓겠다는 결심이다.

내가 옳음을 증명하려는 손을 내려놓고,

상대의 언어가 내 마음의 빈자리에

잠시 머무를 수 있도록 자리를 내어주는 일.

그렇게 우리는 서로의 마음 앞에

조용히 다리를 놓고 있다.

보이지 않지만 튼튼한,

흔들리지만 무너지지 않는 그런 다리를.

:: 혼들리는 순간, 더 단단해지고 있는 당신에게

세상에는 말을 잘하는 사람이 많지만
잘 들어주는 사람은 드물어요.
소통은 말을 많이 하는 사람이 아니라
마음을 오래 기다릴 줄 아는 사람이 만들어내는 기적이니까요.

때로는 아무리 진심을 다해 말해도
상대의 마음에 닿지 않을 때면
스스로가 작아지고
마음이 잘못된 게 아닐까 스치듯 의심하게 되죠.

하지만 당신은 지금,
그 마음을 꺼내어 건네는 용기를 내고 있어요.

닫힌 문 앞에서도 기다릴 줄 알고
혼들리는 순간에도 다리를 놓고 있는 당신.

어쩌면, 괜찮아지는 중이야

그건 약함이 아니라

지금 이 순간에도 마음이 자라고 있다는 증거예요.

"소통은

불완전한 마음으로도

서로를 놓지 않으려는 다정한 의지예요."

당신이 꺼내는 말

내어준 침묵

그 모든 것이 누군가에게는 위로가 되고

다시 이어지는 다리가 됩니다.

그러니 오늘,

조금은 서툴고 조금은 느린 당신의 그 걸음을 믿어주세요.

당신이 머문 자리마다

관계는 어느새 더 깊어지고 있고,

당신이 건넨 마음마다

세상은 오늘도

조용히, 그러나 분명히 따뜻해지고 있어요.

2

삶에는 저마다의 온도가 있다

누군가는 차갑게 산다.

모든 일에 선을 긋고

상처받지 않으려 애쓰며

사람과의 거리를 일정하게 유지한다.

누군가는 뜨겁게 산다.

날마다 전력으로 부딪히고

사랑도 꿈도 감정도

한계 없이 불태우며 살아간다.

그러다 쉽게 지치고, 다 타버린 자리에 앉아

어쩌면, 괜찮아지는 중이야

홀로 식어가는 밤을 맞이하기도 한다.

"너무 뜨거워서 타버린 마음은

다시 따뜻해지기까지 더 많은 시간이 필요하다."

그리고 또 누군가는

따뜻한 온도로 살아간다.

서두르지 않고, 그렇다고 멈추지도 않는다.

자신을 지키면서도

타인과의 경계마저 부드럽게 품으며 살아간다.

"삶은 뜨거움이 아니라

오래도록 지켜낼 수 있는 따뜻함으로 살아내는 것이다."

삶이 차갑게만 느껴질 때가 있다.

누구에게도 기대기 어려운 순간들,

무심한 세상에 혼자인 것 같을 때

그럴 때는 꼭 기억해 줬으면 좋겠다.

"세상은 차가울 수 있어도

내가 삶을 대하는 온도까지 그럴 필요는 없다는 걸."

내가 따뜻함을 잃지 않는다면

그 온기는 반드시 누군가에게 전해진다.

말 한마디, 눈빛 하나, 기다림의 태도

그 모든 작은 온기들이

어느새 누군가의 마음을 녹인다.

삶을 뜨겁게만 살지 않아도 괜찮다.

넘치지 않아도, 차갑지 않아도 괜찮다.

"지치지 않고 오래 살아갈 수 있는 온도,

그게 바로 당신이 지켜야 할 삶의 온도인지도 모른다."

당신은 어떤 온도로 삶을 대하고 있는가?

부디,

당신의 그 온기가

오늘도 자신을 지키고

어딘가의 누군가를 안아주고 있기를.

:: 보이지 않는 온기로 애쓰고 있는 당신에게

오늘도 무심한 하루를 통과하느라 애쓰셨죠.
뜨겁지도, 차갑지도 않게
그저 조용히 당신의 하루를 지켜낸 것만으로도
이미 충분히 잘 살아낸 거예요.

세상은 가끔 너무 바쁘고, 너무 차갑습니다.
그 안에서 흔들리지 않고
당신만의 온도를 지켜낸다는 건
작지만 위대한 용기예요.

누군가는 타오르듯 살아야 한다고 말하지만,
저는 당신에게 말해주고 싶어요.

> "지치지 않고 오래 살아갈 수 있는 온도로
> 스스로를 따뜻하게 안아줄 수 있기를."

그리고 잊지 말아요.
당신이 지켜낸 그 온기가
어느새 누군가의 마음을
조용히 녹이고 있을지도 몰라요.

오늘 당신이 너무 차갑지 않게
너무 뜨겁지 않게 살아냈다면
그걸로 충분합니다.

당신의 따뜻함이 오늘도 누군가에게 다정한 온기가 되기를.

어쩌면, 괜찮아지는 중이야

3

가을에도 벚꽃이 피어날 수 있다고 믿는다

벚꽃은 봄의 전령처럼 여겨진다.

따뜻한 바람이 불기 시작하면

사람들은 너나없이 그 꽃을 기다리고,

거리는 분홍빛 설렘으로 물든다.

벚꽃은 그렇게, '피어야 할 때'를 알고 있는 꽃처럼 보인다.

그런데 나는 한 번,

가을의 끝자락에서

조용히 피어난 벚꽃을 본 적이 있다.

그리고 여름의 태양 아래서 피어난 코스모스를 보기도 했다.

사람들은 "이상하네"라며 지나쳤고,
누군가는 "계절이 헷갈렸나 보다"라며 가볍게 웃어넘겼다.
하지만 나는 그 벚꽃 앞에서
한참을 멈춰 서 있었다.

그건 계절을 잊은 피어남이 아니라
자기만의 시간을 기억해낸 피어남처럼 느껴졌기 때문이다.

"가을에도 벚꽃은 피어난다.
그건 실수가 아니라 다른 방식의 아름다움이다.
계절보다 중요한 건, '내 안의 봄'이다."

우리는 너무 쉽게 말하곤 한다.
"지금은 그럴 때가 아니야."
"이 시기엔 이런 걸 해야지."
"너만 왜 그래?"

마치 삶에도 정해진 계절이 존재하는 것처럼
모두가 같은 속도로 피어나야 한다고 여긴다.

"하지만 정해진 시기를 벗어난 피어남은
더 깊고 단단한 계절을 만든다."

벚꽃조차 가을에 피어날 수 있다면
우리는 왜 조금 늦은 시작에 주눅 들어야 할까.
세상의 시계와 다른 리듬으로 살아간다고 해서
그게 틀린 건 아니다.
늦게 피었다고 해서 덜 눈부신 것도 아니다.
오히려 그렇게 다른 시기에 피어난 존재는
그 자리에 '고유한 빛'을 남긴다.

"다들 지고 있을 때
홀로 피어나는 꽃이 있다.
그건 용기의 이름으로 피어난 삶이다."

가을에 핀 벚꽃은 말없이 전한다.

지금 이 순간이

내가 피어나야 할 가장 나다운 계절이라고.

그러니 누군가 꼭 이렇게 말해줄 수 있어야 한다.

"당신은 지금, 제일 아름다운 타이밍에 있다."

그리고 우리 모두,

이 한마디를 자신에게도 말할 수 있기를 바란다.

"나는 지금 나의 계절을 살고 있다."

어쩌면, 괜찮아지는 중이야

:: 당신의 꽃이 내일로 피어나기를

가끔은

당신이 너무 늦었다고 느낄지도 모릅니다.

이미 피어나고, 앞서가고,

자신만 여전히 멈춰 있는 것처럼 느껴질 때

마음은 자꾸 움츠러들고,

나의 계절은 오지 않을 것만 같습니다.

하지만 기억해 주세요.

가을에도 벚꽃은 피어날 수 있다는 것을.

계절의 질서가 틀린 게 아니라

그 벚꽃은 자기만의 리듬으로 살아낸 것뿐이니까요.

당신에게도 그런 계절이 오고 있어요.

다만, 남들과는 조금 다를 뿐입니다.

다르다고 해서 틀린 것은 아니에요.

당신만의 시간표 안에서

당신만의 방식으로

충분히 피어오를 준비를 하고 있을 뿐이에요.

그러니 서두르지 않아도 괜찮습니다.

다만 기억하세요.

지금 이 순간도

당신 안의 봄은 자라고 있다는 것을.

"남들의 시계가 아니라

당신의 계절로 살아가세요.

그 피어남은 반드시,

당신을 닮은 아름다움이 될 테니까요."

어쩌면, 괜찮아지는 중이야

4

나의 아침은 언제나 낙천적이다

출근길을 걷다 보면 늘 같은 길인데도 매번 다른 풍경을 만난다.
어제 스쳐 간 가로수 잎이 오늘은 한층 짙은 초록으로 여름을
알리고,
비가 지나간 자리에는 고요한 물웅덩이가 선물처럼 남아 있다.
그 속에는 파란 하늘과 흰 구름이 겹겹이 비쳐
한 폭의 수채화가 되어 바람이 스칠 때마다 하늘이 부서지듯
잔물결이 일어난다.
그럴 때면, 밤새 무겁게 안고 있던 걱정이 조금은 가벼워진다.

아침은 언제나 그렇게 내게 말을 건다.

그럴 때면 깨닫는다.

아침이 가진 힘은 거창한 게 아니라는 걸.

낯익은 길 위에 작은 변화를 발견하는 것,

그 속에서 오늘 하루도 괜찮을 거라 믿게 되는 것,

그것이 아침이 내게 주는 낙천의 힘이다.

밤이 아무리 길고 무겁더라도

아침은 약속을 지키듯 어김없이 찾아온다.

어제의 실패나 후회, 잠들기 전의 걱정조차

새벽의 빛은 그것들을 잠시 뒤로 밀어두고

'다시 시작할 수 있다'는 조용한 신호를 건넨다.

아침 햇살은 어제의 그림자를 묻지 않는다.

그저 따스하게 비추며 오늘 하루를

시작해 보라고 속삭일 뿐이다.

새로운 하루의 문을 열어주며

아침은 늘 이렇게 말하는 것 같다.

"아직 모든 가능성이 남아 있어."

"오늘도 웃을 수 있을 거야."

그래서 나는 아침을 좋아한다.
낙천적이라는 건 아주 작은 빛 하나로도
하루를 밝혀낼 수 있다는 믿음이 아닐까.
아침의 낙천적인 성격은
어쩌면 우리를 묵묵히 응원하는
가장 다정한 기운일지도 모른다.

"아무 일도 일어나지 않은 하루의 시작,
그게 아침이 우리에게 주는 가장 큰 선물이다."

어떤 날은 눈을 뜨는 것조차
하루치의 용기가 필요할 때가 있다.
그럼에도 당신은 여전히 어제와 닮은 듯
다른 아침을 맞이하고 있다.
평범해 보이는 아침 속에
숨어 있는 생의 의지를
당신 스스로는 미처 알아차리지 못했을지도 모른다.

"매일 반복되는 하루일지라도
다시 일어나는 당신은
결코 어제가 만든 사람이 아니다.
오늘을 살아낼 새로운 당신이다."

햇살보다 먼저 깨어난 당신의 마음은
오늘도 누군가의 희망이 될 것이다.
그러니 오늘의 시작을
너무 작게 여기지 말자.

당신은 이미
충분히, 그리고 멋지게
매일 아침을 깨우고 있으니까.

"당신은 어제가 만든 사람이 아니라
오늘을 견디고 살아낼 또 하나의 당신으로
매일 다시 태어나고 있음을 잊지 말자."

어쩌면, 괜찮아지는 중이야

:: 조용히, 그러나 분명히 깨어난 아침을 닮은 당신에게

아직 해가 뜨지 않은 새벽

창밖은 어둡고 적막한데

당신의 마음이 먼저 눈을 떴습니다.

몸보다 마음이 먼저 깨어나는 날이 있지요.

그건 어쩌면,

살아내겠다는 당신의 가장 조용한 다짐인지도 모릅니다.

누구에게도 말하지 않았지만

사실 당신은 오래전부터 알고 있었을 거예요.

오늘도 살아야 하기에

스스로 마음을 일으켜 세웠다는 것을.

어제의 무게가 가라앉기도 전에

다시 오늘을 들어 올리는 일은

그 누구에게도 쉽지 않은 일이에요.
하지만 당신은 해냈습니다.

누구보다 먼저,
조용히 자신을 일으켜 세운 당신은
이미 오늘의 주인공이에요.

"아무도 보지 못한 새벽,
당신의 마음은
세상의 어떤 빛보다 먼저 일어났어요.
그것만으로도
당신은 충분히 아름다웠어요."

세상은 빠르게 움직이는 사람을 칭찬하지만
나는 알고 있습니다.
가장 위대한 시작은
언제나 가장 조용한 마음에서 비롯된다는 것을요.
지금 이 순간,
누구보다 먼저 마음을 일으킨 당신에게

어쩌면, 괜찮아지는 중이야

이 말을 전하고 싶습니다.

"당신, 정말 잘하고 있어요.
오늘도, 여전히 아름답게."

5

우리는 약이 없어서가 아니라 위로가
그리워서 흔들린다

병원에서는 증상이 있어야 처방을 내린다.

두통이 심하면 진통제를 권한다.

하지만 내일에 대한 불안에는

그 어떤 처방전도 존재하지 않는다.

'혼자일지도 모른다'는 불안한 마음.

그 모든 것들은 병명조차 붙일 수 없는 감정들이라

누구도 명확한 해결책을 주지 못한다.

그래서일까.

어쩌면, 괜찮아지는 중이야

희망이라는 약이 없는 내일 앞에서

조용히 무너지고 만다.

하지만 가만히 생각해보면,

그 불안한 내일들을 묵묵히 견뎌온 날들이

지금의 나를 만들었다.

"내일을 미리 겁내지 마세요.

내일의 나는, 오늘의 나보다 더 단단하니까."

그날도 나는 분명 두려웠고

모든 게 막막했는데,

결국은 또 하루를 지나

오늘이라는 자리에 도착해 있다.

"불안한 내일도 결국은 지나가

'괜찮았던 하루'가 된다."

내일이 무서운 건

우리가 아직 그 하루를 살아보지 않았기 때문이다.

우리가 가진 모든 걱정은

대부분 '아직 일어나지 않은 일'에 대한 것들이니까.

그러니 내일이 아무리 두려워도

그 하루는 아직 우리 손안에 없다.

그건 미래가 아니라 가능성일 뿐이다.

그리고 가능성은

당신이 어떻게 마음을 열고 걸어가느냐에 따라

얼마든지 달라질 수 있다.

"오늘을 어제보다 다정하게 살아내는 것"

내일의 불안을 치료할 유일한 처방전은

오늘이라는 하루 속에서

스스로에게 자주 말을 건네는 일이다.

"오늘도 잘했어."

"이만하면 괜찮아."

어쩌면, 괜찮아지는 중이야

"내가 나에게 미안하지 않게 살았구나."

그런 다정한 문장들이 쌓여,

어느 날 당신을 가장 멋진 사람으로 만들어 줄 것이다.

:: 약도 없는 내일을 살아가는 당신에게

당신이 매일을 무사히 살아내고 있다는 건,

누구도 주지 못한 약을

스스로 만들어 복용해왔다는 뜻이에요.

그건 약보다 강한 마음,

처방보다 귀한 용기입니다.

　　　"내일이 무서울 땐,

　　　오늘을 조금 더 다정하게 살아보세요.

　　어쩌면 다정함이야말로 가장 오래가는 진통제니까요."

이름 없는 감정들이 몰려와도

당신은 분명 또 살아낼 거예요.

약이 없어도

　　　　　　　　　어쩌면, 괜찮아지는 중이야

방향이 보이지 않아도
당신은 그렇게
하루를 '살아내는 사람'이니까요.

"내일이 두려운 건
아직 살아보지 않았기 때문이죠.
그러니 내일이 온다면
그땐 또 살아낼 당신을 믿어주세요."

6

인생의 조각은 버려지는 법이 없다

가끔은 인생이 흩어진 퍼즐 조각 같다.
책상 위에 아무렇게나 쏟아져 버린 알록달록한 조각들처럼
무엇 하나 제자리를 찾지 못하고,
내가 쥐고 있는 이 조각 하나가
도대체 어디에 쓰일 수 있는지조차 알 수 없을 때가 있다.

그럴 때 우리는 자꾸만 스스로를 의심하게 된다.
"나는 왜 이 자리에 있는 걸까?"
"지금 겪는 이 시간에 무슨 의미가 있을까?"

어쩌면, 괜찮아지는 중이야

하지만 인생이라는 퍼즐은 처음부터 모든 걸
다 보여주지 않는다.
우리는 아직 다 보지 못한 큰 그림 속에서
매일 조금씩 제자리를 찾아가는 중이다.

퍼즐을 맞출 때를 떠올려 보자.
처음에는 색이 비슷한 것들을 모아보기도 하고,
가장자리에 해당하는 테두리를 먼저 완성해보기도 한다.
그 과정은 시행착오의 연속이다.
딱 맞는 줄 알고 끼워 넣었던 조각이
결국 어긋난 걸 깨닫고 다시 빼내야 할 때도 있기 때문이다.

삶도 그렇다.
잘못된 선택이라 믿었던 순간이
결국은 다른 조각의 자리를 찾게 해주는 열쇠가 되기도 한다.

"지금은 안 맞는 것처럼 보여도
그 조각이 없으면 완성되지 않는 그림이 있다."

삶의 조각들은 색도, 모양도 제각각이다.

누군가에게는 반듯하고 깔끔한 조각이 필요할 수 있지만,

때로는 삐죽하고 울퉁불퉁한 조각이

정확하게 맞아떨어질 때도 있다.

지금 당신이 쥐고 있는 감정도,

겪고 있는 어려움도 마찬가지다.

그건 그 자체로 의미 있는 모양이고

분명 언젠가 딱 맞게 들어갈 자리가 있다.

"인생의 조각은 버려지는 법이 없다.

제자리를 찾을 때까지 시간이 필요할 뿐이다."

우리는 완성된 퍼즐만을 보여주고 싶어 한다.

모든 게 매끄럽게 정돈된 모습,

남에게 보여주기에 부끄럽지 않은 인생 말이다.

하지만 진짜 아름다움은

그 완성에 이르기까지 수없이 끼웠다 빼기를 반복한

노력과 시간 속에 있다.

어쩌면, 괜찮아지는 중이야

당신의 퍼즐 조각은

그저 조금 다른 자리에서 기다리고 있을 뿐이다.

너무 조급해하지 말자.

모양이 맞지 않는다고 해서

당신이 틀린 게 아니니까.

퍼즐은 시간이 걸리는 작업이고

때로는 한 발짝 물러서서

전체를 다시 바라봐야 할 때도 있으니까.

"우리가 길을 잃었다고 느끼는 순간에도

그 조각은 어딘가에서 우리를 기다리고 있다."

그리고 잊지 말자.

어떤 조각도 혼자서는 완성될 수 없다.

당신 역시 누군가의 퍼즐을 완성시켜 줄 조각이다.

"삶은 그렇게 서로 기대고, 서로 맞추며

하나의 커다란 그림이 되어가는 것이다."

:: 오늘도 인생이라는 퍼즐 앞의 당신에게

작고 어지러운 조각 하나를 들고
한참을 망설이고 있지는 않으신가요?
"도대체 이 조각은 어디에 쓰일 수 있을까?"
"지금 이 상황은 무슨 의미가 있을까?"

답 없는 질문을 품은 채
하루를 보내고 계신가요?

괜찮아요.
당신은 그 조각을
꼭 맞는 자리에 천천히 옮겨놓는 중이에요.

비록 지금은 그 조각이 너무 낯설고
어디에도 맞지 않는 것처럼 느껴질지 몰라도
사실 그것은 인생이라는 커다란 그림 속

어쩌면, 괜찮아지는 중이야

가장 중요한 한 귀퉁이일지도 몰라요.

당신이 흘린 한숨, 머뭇거림,
그리고 포기하지 않고 다시 맞춰보는 그 순간들이
삶이라는 그림을 더욱 깊고 아름답게 만들어 주는 색채예요.

그러니 너무 조급해하지 마세요.
다른 사람의 퍼즐은 완성된 것처럼 보일 수 있지만,
그들도 분명 보이지 않는 뒷면에서
조각을 끼우고, 빼고, 다시 끼우기를
수없이 반복하고 있었을 거예요.

인생이라는 퍼즐은
'지금 어디에 있느냐'보다
'끝내 어딘가에 꼭 맞게 존재하고 있다'를
믿는 용기로 완성됩니다.

그러니 오늘, 이렇게 말해주세요.

"나는 지금, 나라는 그림을 완성하는 중입니다.
때로는 천천히, 때로는 흔들리며
하지만 분명히 나만의 그림을 완성해가는 중입니다."

어쩌면, 괜찮아지는 중이야

7

질문하던 아이는 여전히 내 안에 있다

그 많던 궁금증은 다 어디로 갔을까.

아직 내 안에 있을까, 아니면 '정답' 속에 사라져버린 걸까.

어릴 적 나는 하루에도 수십 번씩 세상에 물음을 던졌다.

비는 왜 내리는지,

달은 왜 나를 따라오는 것 같은지,

어른이 된다는 건 도대체 어떤 의미인지.

"왜?"로 시작한 물음은 곧 "어떻게?"로 이어졌고

나는 그 질문들 속에서 세상을 상상하며 자라났다.

궁금하다는 건 그 자체로 살아 있다는 증거였고,

세상과 마음을 잇는 가장 어린 문장이었다.

그러던 내가 언제부턴가 질문을 하지 않게 되었다.

나는 말수를 줄였고 궁금한 마음을 스스로 접었다.

익숙한 것들 속에 안주하며, 질문 없는 하루가 늘어갔다.

어쩌면 나는 질문하는 법이 아니라

질문을 삼키는 법을 먼저 배운 것인지도 모른다.

"우리는 자라면서 질문을 버린다.

그리고 그 빈자리에 체념을 채워 넣는다."

하지만 가끔은 오래된 감정처럼

그때의 궁금증이 마음을 두드린다.

아이는 왜 울다가도 금세 웃을 수 있는지,

사람은 왜 멀어지면서 더 그리워지는지,

그리고 지금의 나는 정말 내가 원하는 방향으로 걷고 있는지.

질문은 사라진 게 아니다.

어쩌면, 괜찮아지는 중이야

다만 조용히 기다리고 있었던 것뿐이다.

내가 다시 말을 걸어올 그 순간을.

> "궁금증은 성장하는 감정이 아니라
> 잊힌 듯 곁에 남아 나를 다시 일으키는 숨결이다."

그 많던 물음표들은 어디로 갔을까.

어쩌면 여전히 내 마음 한구석,

눈길이 닿지 않은 곳에서

나를 다시 불러내고 있는 중인지도 모른다.

모른다고 말해도 괜찮다.

궁금하다는 건 살아 있다는 증거니까.

그래서 오늘, 나는 다시 조심스럽게 속삭여본다.

"이건 왜 그런 걸까?"

"나는 정말 괜찮은 걸까?"

"다시 궁금해도… 되는 걸까?"

그리고 그때,

내 안의 아이가 천천히 고개를 든다.

아직 사라지지 않았다는 듯.

"진짜 어른은 다시 궁금해질 수 있는 사람이다.

잃어버린 질문 하나를 되찾는 순간,

우리는 다시 별을 올려다보게 된다."

:: 마음 한켠의 작은 물음표를 안고 살아가는 당신에게

진짜 나를 만나는 길은
언제나 '왜?'라는 질문에서 시작된다.

예전에 수없이 세상에 물음을 던지던
그 시절의 당신을 기억하나요?
'왜 하늘은 파랄까', '슬픔은 어디에서 오는 걸까'
'나는 왜 이 자리에 있는 걸까'를 궁금해하던
시절이 있었을지 몰라요.

그때의 당신은 세상을 사랑하고,
의심하고, 또 끊임없이 길을 찾던
하나의 작은 우주였을 거예요.

하지만 삶이 바빠지고, 정답이 중요해지고,
질문보다 결과가 전부인 세상이 되어버렸을 때

우리 안의 궁금함은 조용히,
아주 조용히 숨을 죽이고 말았지요.

이제 묻고 싶어요.
당신의 궁금증은 지금 어디에 있나요?
그 물음들은 정말 사라진 걸까요,
아니면 여전히 당신 마음 한켠에서
조용히 문을 두드리고 있는 걸까요?

세상이 준 정답을 잠시 내려놓고,
그때의 질문을 다시 꺼내 보세요.
질문은 잃어버린 내가 나에게 말을 거는 방식이기도 하니까요.

"질문을 던지는 순간
당신은 멈춰선 어른이 아니라
다시 꿈을 묻는 '어른 아이'가 됩니다."

어쩌면, 괜찮아지는 중이야

8

사랑할 사람을 생각하느라
누군가를 미워할 시간이 없다

어느 날 문득, 마음 한켠이 지쳐 있다는 걸 느꼈다.

그럴 때면 깃털처럼 아무렇지 않은 일도

힘듦의 무게가 다르게 느껴지고 그것들이 쌓여 상처가 되고

마음속이 자꾸 어두운 그림자로 가득 차는 느낌이 들었다.

곰곰이 생각해보았다.

왜 이렇게 마음이 무거울까.

왜 웃는 일이 줄어들었을까.

그러다 조용히 떠오른 감정 하나.

바로 '미움'이었다.

누군가에게 받았던 말 한마디,
차가운 눈빛,
이유 없이 멀어졌던 관계들.
그 모든 감정의 조각들이
여전히 내 마음 어딘가에 남아 있었던 것이다.

나는 그 조각들을 하루에도 몇 번씩 꺼내 보았다.
잊었다고 생각했지만,
사실 그 감정들은 여전히 내 하루를 갉아먹고 있었다.

"미움은 타인을 겨냥한 감정이 아니라
결국 내 마음을 가장 먼저 다치게 하는 칼끝이다."

돌이켜보면,
나를 아프게 했던 사람은 정작 내 속도 모르고
잘 지냈을 것이다.
내가 그렇게까지 힘들어했는지도 모른 채 말이다.

어쩌면, 괜찮아지는 중이야

그런데도 나는 내 하루의 가장 따뜻한 시간을

그 사람을 떠올리며 속을 끓이고 있었다.

참 이상했다.

내가 가장 미워했던 사람에게

나는 매일 가장 많은 시간을 내어주고 있었던 것이다.

그래서 결심했다.

이제는 그만해야겠다고.

누군가를 미워하느라 오늘의 햇살을 놓치지 않기로.

누군가에게 서운한 마음이 들 때마다

내가 좋아하는 커피 향을 한 번 더 맡아보고,

좋아하는 사람의 이름을 먼저 떠올려보기로 했다.

"세상에 미워할 사람이 있는 게 아니라,

사랑할 사람이 너무 많아서 미움에 쓸 시간이 없는 것이다."

살다 보면, 누구에게나 미움을 느끼는 순간은 찾아온다.

그건 인간적인 감정이고, 솔직한 반응이다.

문제는 그 감정에 얼마나 오래 머무느냐이다.

미움에 머무는 시간만큼

내 마음의 집에는 빛이 들어오지 않는다.

그래서 나는 오늘, 마음의 창문을 열기로 했다.

미움이라는 오래된 감정을

부드러운 바람에 실어 날려 보내기로 했다.

그리고 이렇게 말해보았다.

"나는 오늘, 사랑할 사람을 생각하느라

누군가를 미워할 시간이 없다."

그 말을 마음속에서 천천히 반복하자

조금씩 마음이 환해졌다.

언젠가 나를 서운하게 했던 사람도

어쩌면 그저 자기 방식대로 살아가고 있었던 것뿐일지도 모른다.

어쩌면, 괜찮아지는 중이야

"미움은 마음에 벽을 쌓지만,

사랑은 그 벽에 틈을 내고

그 틈으로 빛이 들어온다."

이제는 내 마음에 창을 만들고 싶다.

어제보다 조금 더 따뜻해진 내가 되기로.

그리고 그 따뜻함이

누군가의 마음에도 조용히 스며들기를 바라면서.

:: 사랑을 담기에도 부족할 만큼 귀한 당신의 마음에게

요즘,

누군가의 말이나 표정 때문에

마음이 자꾸 무거워지진 않나요?

별것 아닌 일이 자꾸만 생각나고

되새김질하듯 감정을 곱씹고 있진 않나요?

그럴 때는 너무 오래 그 감정 속에 머무르지 않아도 괜찮아요.

당신은 사랑받기 위해 만들어진 사람이고

당신의 하루는 그 어떤 상처도 이겨낼 만큼

따뜻하고 단단한 힘을 지니고 있으니까요.

세상에는 미워할 이유보다

사랑할 이유가 훨씬 많아요.

어쩌면, 괜찮아지는 중이야

당신이 소중히 여기는 사람

당신이 함께 웃을 수 있는 사람들

그들을 더 많이 떠올려 주세요.

그리고 기억하세요.

"당신의 마음은 누군가를 미워하기엔 너무 예쁘고,

사랑을 담기에도 부족할 만큼 귀한 곳이에요."

오늘 하루,

당신의 마음에 머문 작은 햇살 하나가

당신을 조금 더 가볍게 감싸주길 바랍니다.

당신은 그 온기를 충분히 누릴 자격이 있는 사람이니까요.

3장

괜찮지 않아도
빛나는 순간이
있으니까

1

아무것도 아닌 하루,
당신만의 '인증된 행복'이다

요즘 거리에서도, 식당에서도
어디를 가든 제일 먼저 들리는 말이 있다.

"사진 찍었어?"
"잠깐만, 이건 올릴 수 있을 정도는 돼야 해."

한 손에 스마트폰을 꼭 쥔 채 한 장의 '행복한 순간'을 남기느라
정작 그 순간을 제대로 누리지 못한 채
바쁘게 셔터를 누르고 있다.

어쩌면, 괜찮아지는 중이야

SNS에 올라오는 수많은 사진들

푸른 바다를 배경으로 한 여행지,

정성스레 플레이팅 된 브런치,

웃음이 가득한 친구들과의 셀카.

모두 다 행복해 보인다.

하지만 정말 그 순간의 마음도 사진처럼 빛나고 있었을까?

"행복은 보여주는 것이 아니라 느끼는 것이다."

언젠가부터 우리는

행복마저 누군가에게 보여줘야 하는 것으로 바꾸어 놓았다.

인증이 없으면 그 여행은 덜 특별한 것처럼,

사진이 없으면 그 하루는 덜 의미 있는 것처럼.

누구보다 환한 미소로 찍은 사진 뒤,

휴대폰을 내려놓으며 길게 한숨을 쉬는

사람들을 본 적이 있다.

'좋아요'의 수로 오늘의 만족을 재고

댓글이 적으면 괜히 내가 부족한 사람처럼 느껴지기도 한다.

하지만 진짜 행복은 누군가의 '좋아요'로 증명되는 게 아니다.
내 안에서 조용히 자라는 작은 온기,
아무도 몰라도, 그것만으로 충분히 따뜻한 감정이다.

햇살 좋은 오후 혼자 마신 커피 한 잔,
좋아하는 노래 한 곡에 괜히 눈물이 차오르는 순간,
아무것도 하지 않아도 편안한 하루,
그 모든 순간이 '인증' 없이도 빛나는
당신만의 진짜 행복이다.

"행복은
내 마음이 먼저 알아채는 감정이다."

그러니 누군가의 화려한 피드 속에서
나만 뒤처지고 있는 것처럼 느껴져도 괜찮다.
당신의 삶은 지금 이 순간에도
충분히 아름답다.

어쩌면, 괜찮아지는 중이야

오늘 하루

아무에게도 보여주지 않아도

사진으로 남기지 않아도 괜찮다.

당신이 따뜻하다고 느낀 그 순간

그게 바로 당신만의 '인증된 행복'이다.

"행복은 손에 잡히지도, 눈에 보이지도 않지만

마음을 붙잡아주는 가장 따뜻한 존재니까."

행복은 보여줄수록 작아지고,

지켜줄수록 깊어진다.

그러니 부디 당신의 행복을 오래도록 지켜주기를 바란다.

:: 조용히 행복을 지켜낸 당신에게

오늘도

당신의 행복이 너무 작아서

누구에게도 보여주지 못했나요?

괜찮아요.

그건 보여주기 위한 것이 아니라

당신이 살아낸 하루 속에

고요히 머물러 있는 선물이니까요.

"당신이 느낀 기쁨은

누가 보지 않아도 진짜입니다.

당신의 마음이 기억하고 있으니까요."

오늘도 당신 안에

아무도 모르게 웃고 있는 그 마음,

그게 바로 세상에서 가장 순수한 '행복의 인증'이에요.

2

과거는 우리를 설명할 수는 있지만
미래를 결정하지 않는다

어느 날 문득 오래된 사진을 꺼내 보다가 한참을 멈춰 섰다.

그 시절의 나는 세상이 나를 이해해주길 바랐고,

실수하지 않으려 애썼고,

상처받은 티를 내지 않으려 버둥거렸다.

그리고 지금의 나는

그때의 나를 자주 돌아보며 후회를 안고 살아가곤 했다.

"그때 왜 그랬을까."

"조금만 더 참았더라면."

"조금만 더 솔직했더라면."

그런 생각들이 마치 머리맡의 알람처럼
잠들기 전에도, 눈을 뜨기 전에도 끊임없이 울려대곤 했다.

우리는 그렇게 과거 속에서 길을 잃을 때가 많다.
마치 잃어버린 나사처럼 하나의 기억을 끝없이 되감으며
그때의 내가 틀렸다고, 부족했다고 자책한다.

그런데, 어느 날 문득 깨달았다.
과거는 되돌릴 수 없다는 너무나 당연한 사실을.

그리고 그보다 더 중요한 건
되돌릴 수 없는 그 시간이
지금의 나를 얼마나 단단하게 만들어 주었는지를.

"과거는 우리를 설명할 수는 있어도
앞으로 나아갈 길을 대신 결정할 수는 없다."

어쩌면, 괜찮아지는 중이야

그때 내가 흘린 눈물도

끝내 감춰버린 말 한마디도

나를 더 나답게 만들기 위한 어쩔 수 없는 과정이었다고

이제는 그렇게 이해하려 한다.

사람은 누구나 자신만의 상처를 품고 살아간다.

중요한 건 그 상처에 오래 머물지 않는 용기다.

자꾸만 되돌아보게 되는 그 기억 앞에서

이제 나는 이렇게 말하려 한다.

"나는 그때도 최선을 다했고,

지금도 여전히 나의 시간을 살아가고 있다."

그날의 내가 서툴렀다면, 그건 그만큼 애썼다는 증거다.

지금 이 순간, 우리는 다시 쓰고 있다.

어제의 후회를 오늘의 성장으로,

내일의 희망으로 바꿔 가는 이야기들을.

"미련은 과거를 탓할 때 생기고,

성장은 과거를 끌어안고 나아갈 때 이루어진다."

내가 겪은 실패와 지나간 상처,

그 모든 순간이 지금의 나를 만들었다.

그 조각들이 하나둘 맞춰질 때마다

나는, 그리고 당신은

더 단단한 사람으로 자라나고 있는 것이다.

어쩌면, 괜찮아지는 중이야

:: 과거를 끌어안고 성장하고 있는 당신에게

오늘도 어느 오래된 기억에 붙들려
자신을 자책하고 있지는 않나요?

그 마음, 너무 오래 혼자 감당하지 않아도 괜찮아요.
지나간 일은 바꿀 수 없지만,
그 일을 바라보는 당신의 시선은 언제든 바뀔 수 있으니까요.

그때의 당신도, 지금의 당신처럼
그저 하루를 무사히 살아내고 있었던 것뿐이에요.
그러니 자신을 탓하기보다
그때의 나에게 고맙다고 말해주세요.
그리고 오늘, 이렇게 선언해보세요.

"나는 이제 더 이상 과거의 나를 방치하지 않겠다.
내가 바꿀 수 있는 시간은 오늘이고,

오늘의 나는 내일을 밝히는 가장 큰 가능성이다."

당신의 삶은 더 이상
어제를 견딘 이야기가 아니라
내일을 향해 나아가는 찬란한 서사입니다.

그 서사의 주인공은
바로 지금, 이 글을 읽고 있는 당신이에요.

3

행복해지기 위해 기꺼이 인색하지 말아야 한다

요즘 유튜브를 보면 '도시락 싸가기 챌린지',

'1년간 커피 사 먹지 않기' 같은 영상이 많다.

하루 한 잔의 커피값, 점심 한 끼의 비용을 절약해

한 달이면 얼마, 일 년이면 얼마를 모을 수 있는지 보여준다.

자잘한 소비를 줄이고 절약을 통해 목표를 이루는 과정은

분명 의미 있고 멋진 일이다.

나도 그런 흐름에 따라 한 달 동안 지출을 줄여보았다.

하지만 출근길, 손끝에 닿던

아이스 바닐라라테 한 잔을 참으니

이상하게 아침이 길고, 하루가 조금 더 지루하게 느껴졌다.

아끼는 삶은 좋다.

불필요한 지출을 줄이고 꼭 필요한 것에

집중하는 건 분명 지혜다.

그러나 삶에는 아끼지 말아야 할 것들도 있다.

"절약은 삶을 단단하게 하지만,

아낌없는 순간이 삶을 빛나게 한다."

가끔 마시는 따뜻한 커피 한 잔,

사랑하는 사람들과 함께하는 저녁 식사,

지친 하루 끝에 스스로에게 선물하는 작은 위로들,

그건 오늘을 살아낼 힘을 주는 소중한 자양분이 된다.

행복은 가만히 있다가 우릴 불쑥 찾아오는 손님이 아니다.

어쩌다 마주치는 행운도,

누군가 대신 안겨주는 선물도 아니다.

행복은 우리가 걸어온 발자국을 따라 천천히 도착하는 존재다.

그리고 그 발자국에는 늘 '노력'이라는 이름이
고요히 스며 있다.

"행복은 기다리는 게 아니라
스스로 만들어가는 것이다."

살다 보면 슬픔은 말하지 않아도 저절로 스며들고
상처는 애쓰지 않아도 어느 날 틈을 타 들어온다.
슬픔에 잠기기 위해 밤새 생각을 곱씹는다.
그런데 참 이상하다.
우리는 기꺼이 슬퍼할 준비는 잘하면서도
행복해지기 위해 애쓰는 데는 인색하다.

"슬픔엔 이유가 필요 없지만,
행복엔 용기가 필요하다."

어차피 삶은 슬픔과 상처를 데리고 온다.
그렇다면 우리는 더 적극적으로 행복을 초대해야 하지 않을까.
우리 모두는 이미 삶을 '견디는 법'은 충분히 배웠다.

이제는 '즐기는 법'을 배워야 한다.

행복해지는 일은 결코 가볍지 않다.

매일의 나를 설득해야 하는 일이기 때문이다.

'나는 지금 괜찮은가?'

'이 선택은 나를 위한 것인가?'

'오늘의 나는 내 마음을 잘 돌보았는가?'

이런 질문들 속에서 우리는

조금씩 행복해지는 연습을 해나가는 것이다.

"행복은

마음에 여백을 낼 때 비로소 찾아온다."

세상은 늘 말한다.

더 많이 이루어야 행복해질 수 있다고.

하지만 나는 이제 이렇게 말하고 싶다.

"행복은 '더 많이' 가 아니라

'더 깊이' 에서 시작된다."

지금 이 순간

당신이 마시는 차 한 잔 속에도

누군가의 다정한 말 한마디에도 행복은 숨어 있다.

그 순간을 붙잡는 손

그리고 멈추지 않고 가꿔주는 마음

그것이 바로 행복을 만들어가는 당신의 진정한 노력이다.

지금

행복이 조금 멀게 느껴지시나요?

괜찮아요.

당신은 이미 행복해질 준비를

충분히 갖춘 사람입니다.

왜냐하면

이 글을 끝까지 읽었다는 건

지금의 감정에 안주하지 않고

조금 더 나은 내일을 바라고 있다는 뜻이니까요.

"슬픔은 그저 옵니다.

하지만 행복은 스스로 만들어가는 것입니다.

그리고 그 행복을 만들 수 있는 사람은

지금의 당신입니다."

그러니 오늘은
행복해지기 위해
당신의 시간을 아낌없이 써주세요.

좋아하는 음악을 듣고,
따뜻한 햇살 아래 잠시 멈춰 서도 괜찮아요.
그 어떤 방식이라도
당신이 미소 지을 수 있다면 그걸로 충분합니다.

당신은 그럴 만한 충분한 이유가 있고,
그럴 자격이 있는 사람이니까요.

4

여름철 팥빙수처럼 인생도 그렇게 달고 차갑다

어릴 적 여름방학이 시작되면 가장 설레던 일 중 하나는
동네 분식집에서 팥빙수를 먹는 일이었다.
그때는 팥도 싫고, 떡도 귀찮고
딱 우유 얼음 위에 연유랑 젤리만 있으면 좋겠다고 생각했다.

그래서 팥은 살짝 밀어두고
달콤한 부분만 골라 먹으며 여름을 즐겼다.
하지만 이상하게도
그렇게 내가 좋아하던 부분만 먹고 나면 입안이 텁텁해졌다.
금방 물린 맛에 손이 가지 않았다.

어쩌면, 괜찮아지는 중이야

그제서야 알았다.

팥빙수가 맛있는 이유는

그 다양한 재료들이 섞여 있을 때라는 걸.

차갑고 달콤한 얼음,

쫀득한 떡,

은은한 단맛의 팥,

그리고 간간이 느껴지는 미묘한 고소함까지

그 모든 것들이 어우러져야 비로소 '진짜 팥빙수'가 된다는 걸.

"인생도 그렇다.

좋은 일만 있으면 좋겠지만,

쓴맛과 단맛이 함께여야 비로소 깊어진다."

살다 보면 누구나

자기 인생에 들어온 '팥 같은 순간'을 밀어내고 싶을 때가 있다.

실패, 상처, 이별, 고된 하루들…

달콤하지 않고, 때론 버겁고,

왜 내 인생에 이런 게 섞여 있을까 싶은 날들이 있다.

하지만 돌아보면
나도 모르게 그런 시간들이 나를 조금 더
단단하게 만들고 있었다.
힘든 하루를 지나야 소소한 기쁨에도
눈물 날만큼 감사할 수 있었고,
실패를 겪어야 한 걸음의 성장이
얼마나 값진지 깨달을 수 있었다.

그건 마치 팥을 싫어하던 어린 내가
어느 순간, 그 고소하고 은근한 단맛을
가장 먼저 찾게 된 것과도 닮아 있었다.

> "처음엔 거칠고 이상한 맛 같지만,
> 지나고 나면 가장 그리워지는 건
> 언제나 그 팥 같은 순간들이더라."

요즘 나는 인생이라는 큰 그릇 안에서
날마다 조금씩 재료를 섞어가며 살아가고 있다.
기쁜 날도 있고, 지치는 날도 있고,

때로는 하루가 꼭 녹아내린 얼음처럼 허무할 때도 있다.

하지만 그 모든 날이 어우러져

'나'라는 사람을 완성해주고 있음을 안다.

그래서 오늘도

차갑고 달콤한 삶의 맛을 떠올리며

조심스레 하루를 한 숟갈 떠먹는다.

그리고 이렇게 말해본다.

"삶이 너무 달기만 해도 물리고

너무 쓰기만 해도 버겁다.

그러니 이 여름 같은 인생은

차갑고 달고, 가끔은 쌉싸름해도 괜찮다."

:: 팥빙수를 싫어하는 당신이라면

늘 달콤하고 따뜻하기만 했으면 좋겠던 하루에
뜻하지 않게 들어선 외로움, 상처, 오해 같은 감정들이
마치 팥처럼 느껴질 때가 있습니다.

씹을수록 입안 가득 번지는 그 텁텁함에
괜스레 삶이 무의미하게 느껴질 때도 있지요.
하지만 너무 걱정하지 않아도 괜찮아요.

지금 당신이 떠안고 있는 이 한 입의 씁쓸함이
시간이 지나면
당신의 인생이라는 그릇을
더 깊고, 더 진하게 만들어 줄 테니까요.

"가장 맛있는 팥빙수는
팥도 있고, 얼음도 있고, 과일도 있고

어쩌면, 괜찮아지는 중이야

모든 맛이 어우러져야 비로소 완성되듯이
당신의 삶도 그렇습니다."

좋은 일만 있는 인생은 없습니다.
가끔은 달콤한 연유처럼 기쁜 일이 스며들기도 하지만
어떤 날은 팥처럼 어두운 감정이
당신 마음 한 귀퉁이를 차지할 수도 있습니다.

그렇다고 해서
당신의 인생이 덜 아름다운 건 아니에요.
그 모든 순간이 쌓이고 겹쳐져야만
당신만의 단 하나뿐인 특별한 맛이 완성되니까요.

"삶은 달기만 하면 금세 질리고,
쓰기만 하면 이내 지칩니다.
그러니 단맛과 쓴맛,
차가움과 따뜻함이 조금씩 섞여야
진짜 삶이 되는 거예요."

그러니 오늘도 조심스레

인생이라는 팥빙수에 한 숟갈의 웃음을 얹어보세요.

그 한 입이 당신의 여름을 충분히

달콤하게 바꿔줄지도 모르니까요.

어쩌면, 괜찮아지는 중이야

5

내가 진한 색보다 파스텔 색을 좋아하는 이유다

누군가는 말했다.

"진한 색이야말로 존재감이야. 또렷하고,

강렬하고, 눈에 확 들어오잖아."

맞는 말이다.

진한 색은 늘 주목을 받고 쉽게 잊히지 않는다.

사진에서도, 옷에서도, 말투에서도

사람들은 강렬한 걸 좋아한다.

확실한 표현, 선명한 태도, 또렷한 성격

그게 곧 인정받는 방식이라고 믿는다.

하지만 나는 늘 부드럽고 연한 빛에 눈이 머문다.

파스텔 색처럼 조용히 스며드는 감정에 마음이 간다.

확신보다 고민이 많고,

앞에 나서기보단 뒤에서 살피는 내가 좋아하는 색도

그런 결을 닮았는지 모르겠다.

어릴 적, 세상은 내게 '더 진해지라'고 말했다.

조금 더, 똑 부러지게 말하고

조금 더, 눈에 띄게 행동하고

조금 더, 세게 살아보라고.

하지만 나는 그렇게 힘을 줄수록

내 안의 빛이 자꾸만 짙은 그림자에 덮여가는 것 같았다.

그럴 때마다 나는 파스텔 색처럼

조용한 무언가에 기대곤 했다.

그 색은 언제나 과하지 않았고, 그래서 더 따뜻했다.

연분홍이라도 들뜨지 않고

연노랑이라도 조용히 웃는 듯한 그 온기.

어쩌면, 괜찮아지는 중이야

나는 그 안에서 나를 발견했다.

"진한 색이 눈을 사로잡는다면

파스텔 색은 마음을 감싼다."

우리는 모두 눈에 띄어야 한다고 배우지만

세상에는 드러나지 않아도 오래 남는 존재들이 있다.

은은하게, 다정하게,

스스로의 색을 지켜내는 사람들.

그리고 나는 이제 안다.

빛나지 않아도 괜찮다고.

내가 나로 살아갈 수 있다면 그게 곧 충분한 빛이라는 걸.

"세상이 진한 색을 원할지라도

당신은 당신의 색을 지켜도 괜찮다.

파스텔처럼 조용히 다가와

오래도록 따뜻하게 기억될 테니까."

그러니 나는 오늘도

말없이 위로가 되어줄 수 있는 색,

그런 색으로 내 하루를 채운다.

:: 파스텔 색을 닮은 당신에게

세상의 눈치를 보느라

너무 진한 색으로 자신을 칠하고 있지는 않나요?

더 또렷하게 말해야 할 것 같고,

더 강렬하게 살아야 할 것 같고,

더 눈에 띄지 않으면 안 될 것 같은

그 조급함 속에서

당신의 본래 색이 점점 흐려지고 있다면

잠시 멈춰도 괜찮습니다.

세상 모든 빛이

강할 필요는 없어요.

당신이 가진 그 다정하고 은은한 색은

누군가에게는 가장 따뜻한 위로가 될 수 있으니까요.

"당신은 진하지 않아도 충분히 아름답습니다.

세상이 뭐라 해도

당신 안의 빛은 당신만의 색으로 이미 충분해요."

조용히 웃고,

천천히 스며들며,

당신의 색으로 하루를 살아가는 그 모습

그 자체로 이미

세상에 가장 따뜻한 빛이 되어줍니다.

어쩌면, 괜찮아지는 중이야

6

당신 안의 내비게이션은 지금도 작동 중이다

요즘은 내비게이션 하나면 어디든 갈 수 있다.
익숙하지 않은 길도, 낯선 도시도
그녀의 차분한 음성 하나면 우린 안심한 채
핸들을 잡을 수 있다.

"500미터 앞, 우회전입니다."
"경로를 이탈했습니다. 재탐색 중입니다."

그 한 마디 한 마디가 때로는 사람보다
더 친절하게 느껴지기도 한다.

실수해도, 잘못 가도, 다시 길을 찾아주는 그 침착함.

그것만으로도 마음이 놓인다.

그런데 문득 생각해본다.

우리 인생에도 그런 내비게이션이 있다면 얼마나 좋을까?

어느 날은 이 길이 맞는지 몰라 불안하고,

어느 순간엔 너무 멀리 돌아온 것 같아 후회하며,

또 어떤 날은 그냥 차를 세우고 싶어질 때가 있다.

누군가가 내게 말해줬으면 싶다.

"지금 가는 길, 맞아요."

"조금 돌아가지만, 그 길도 괜찮아요."

"방향은 다르지만 결국 도착할 거예요."

그런 다정한 안내음이 필요했던 순간들이

살면서 얼마나 많았던가.

하지만 삶은 내비게이션처럼 친절하지 않다.

잘못 가도 '재탐색 중'이라는 안내는 없다.

어쩌면, 괜찮아지는 중이야

되돌아가고 싶은 길은 막혀 있고,

종종 표시조차 없는 갈림길 앞에서

결정을 내려야 할 때가 많다.

그럼에도 불구하고

우리는 어쩌면 스스로 길을 만드는 존재인지도 모른다.

누가 알려주지 않아도

스스로 방향을 정하고 다시 걷는다.

"삶은 길이 아니라

걸어가는 사람이 방향을 만든다."

잘못 들어선 것 같았던 골목에서

뜻밖의 인연을 만나기도 하고,

계획에 없던 정차 지점에서 오래 남을

풍경을 발견하기도 하니까.

인생의 내비게이션은 결국 밖이 아니라 '내 안'에 있다.

불안한 마음을 다독이며

"괜찮아, 다시 가면 돼."

그렇게 말해줄 수 있는 나만의 목소리.

가끔은 길을 잃어도 괜찮다.

가끔은 잠시 멈춰 서도 좋다.

중요한 건,

다시 방향을 잡고

다시 나아가는 용기 하나뿐이다.

"당신 안의 내비게이션은 지금도 작동 중이다.

그러니 조용히 귀 기울여 보자.

그 속엔 당신만이 들을 수 있는 길 안내가

분명히 있을 것이다."

어쩌면, 괜찮아지는 중이야

:: 삶의 내비게이션을 따라 여행 중인 당신에게

지금, 삶의 어느 길목에서 서성이고 있진 않나요?
어디로 가야 할지,
무엇이 옳은지,
너무 많은 방향표 앞에서 혼란스러울지도 모르겠어요.

하지만 걱정하지 마세요.
당신은 잘 가고 있어요.
남들보다 조금 늦게 도착해도
조금 더 돌아가도 괜찮아요.

"삶은 직진만이 정답은 아니에요.
가끔은 돌아서
더 깊은 풍경을 만나러 가는 여행이기도 해요."

당신의 속도

당신의 방향
그리고 당신의 감정
그 모든 것이 이미 삶의 내비게이션이 되어
당신을 앞으로 이끌고 있어요.

오늘도, 그 여정의 한가운데서
묵묵히 길을 만들어가는 당신을 응원합니다.

7

조용히 끓는 라면처럼 삶도 나를 위로한다

어떤 위로는 말보다 조용하다.

그 누구의 시선도 머물지 않는 밤

혼자 부엌 불을 켜고 라면을 끓이는 그 짧은 순간처럼.

물이 끓기 시작하면 냄비 안에서

조그만 기포들이 부풀어 오른다.

보글보글— 말 대신 온기로 대화하듯

그 잔잔한 끓음이 이상하게도 다정하다.

지친 하루를 무겁게 짊어진 나에게

"수고했어. 이 정도면 잘한 거야."하고 속삭여주는 것만 같다.

"때로는 라면처럼 아무 말 없는 온도가
가장 따뜻한 위로가 된다."

라면을 끓이는 행위는 소박하지만

그 안에는 나를 향한 작은 배려와 돌봄이 녹아 있다.

누군가를 위해 차린 것도 아닌

세상 어디에도 설명할 필요 없는 오직 나만을 위한 시간.

그 짧은 5분 동안,

나는 세상에서 유일하게 안전한 공간에 있는 것 같다.

삶도 그렇지 않을까.

겉보기엔 평범한 하루가 흘러가지만,

그 안에는 넘치지 않게, 타지 않게 지켜보는

당신의 애씀과 마음이 있다.

그 애씀을 아무도 몰라도 괜찮다.

라면이 다 끓는 순간처럼

그 조용한 기쁨이 결국 당신에게도 찾아올 테니까.

"우리는 언제나 불완전하게 끓고 있지만

어쩌면, 괜찮아지는 중이야

그 안에서 가장 완전한 순간을 익히는 중이다."

지금 이 시간에도 누군가는
쓸쓸한 부엌에서 라면을 끓이고 있을지도 모른다.
그 냄비 앞에서 눈물을 삼키고 있을지도.
하지만 분명한 건,
그 한 그릇의 온기가 마음속 가장 깊은 상처를
천천히 덮어준다는 사실이다.

라면을 끓이는 시간은 짧지만
그 따뜻한 국물 한 숟갈은 오래도록 가슴에 남는다.
살다 보면 아무도 모르게 끓여낸 그 조용한 위로들이
우리의 삶을 지탱하는 가장 따뜻한 기둥이 되는 것 같다.

"세상이 너무 차가워도
나만의 따뜻한 그릇 하나쯤은 당신에게 있어야 하니까."

오늘, 지친 하루 끝에서
당신도 그런 라면 같은 위로 하나를

스스로에게 건넬 수 있기를 바란다.

삶은 끓는 물처럼 뜨겁고,

때로는 너무 빠르게 넘쳐버리지만

그 안에서 우리는 조용히 익어가는 중이니까.

:: 조용한 위로, 당신에게 보내는 한 그릇의 편지

가끔은 세상의 소음보다
라면 끓는 소리가 더 따뜻하게 들릴 때가 있습니다.
보글보글, 조용히 속을 데우며
무언가 말없이 곁을 지켜주는 그 소리처럼요.

그럴 때 저는 생각합니다.
"아, 삶도 저렇게 나를 위로하고 있었구나."
소란스럽지 않아도, 뜨겁게 울리지 않아도
어딘가에서 나를 위해 조용히 끓고 있었던
순간들이 있었다는 걸요.

혼자 앉아 마주한 식탁,
말없이 먹던 한 그릇의 라면
그 모든 순간이 당신을 지켜주고 있었던 거죠.

혹시 지금도 마음이 저릿하다면
오늘 밤, 라면 하나를 끓여보세요.
그리고 그 뜨거운 국물 속에서
당신 안에 오래 머물러있던 조용한 위로를 한 숟갈 떠보세요.

누군가의 위로를 기다리기 전에
당신의 삶이 얼마나 다정하게 당신을 품어주고 있었는지
먼저 떠올려 보길 바랍니다.

"위로는 거창한 말이 아니라
조용한 삶이 내는 소리일지도 몰라요."

잊지 마세요.
당신의 삶은 언제나,
당신을 안아줄 준비가 되어 있다는 걸요.

어쩌면, 괜찮아지는 중이야

8

월하미인(月下美人), 별은 낮의
시간을 기억한다

월하미인(月下美人)

이름부터가 시처럼 아름다운 꽃이다.

달빛 아래에서 가장 고운 빛을 머금는다고 해서

'달빛 아래의 미인', 월하미인이라 불린다.

이 꽃은 낮에는 그저 평범한 선인장일 뿐이기에

아무도 눈길을 주지 않는다.

하지만 밤이 깊어지면

마치 약속이나 한 듯

꽃봉오리가 천천히 열리기 시작한다.

순백의 꽃잎이 겹겹이 펼쳐지고
은은한 향기가 방 안 가득 퍼진다.

그 아름다움은 숨이 멎을 만큼 강렬하고
단 하룻밤만 허락된 기적 같은 순간이다.
짧은 순간 피었다 지는 특성 때문에
'순간의 아름다움', '한 번의 기적',
'덧없지만 찬란한 삶'을 상징한다고 한다.

월하미인은 내게 이렇게 속삭이는 듯했다.

　　　"모든 순간이 화려할 필요는 없어.
　　　단 한 번이라도 진심으로 피어난다면
　　　그것만으로 충분히 별이 될 수 있어."

이 신비로운 이야기에 나는 생각했다.
낮 동안의 기다림과 지루함이 없었다면
그토록 벅찬 밤은 오지 않았을 것이라고.

"월하미인이 단 한 번의 밤을 위해 긴 낮을 준비하듯,

우리 삶의 별빛도 결국 낮에 싹튼다."

누구나 한 번쯤은 밤하늘을 올려다보며

반짝이는 별을 잡고 싶다는 마음을 품는다.

닿을 수 없을 것 같지만, 그 빛이 너무 아름다워서

잡히지 않아도 따라가고 싶은 그런 꿈.

그래서 우리는 때로 너무 일찍부터 달리고,

너무 늦게까지 애쓰고, 한 번도 쉬지 않은 채 고개를 들어

오로지 별만 바라보며 하루를 살아간다.

하지만 혹시 그 별을 향해 걷는 동안

당신의 낮은 잊혀지고 있는 건 아닌지.

별은 밤에 뜨지만, 그 별을 향해 걷는 발걸음은

언제나 낮에 시작된다는 걸 우리는 너무 익숙해서 잊고 만다.

햇살 아래 땀 흘리며 걷던 시간,

실패에 주저앉았다가도 다시 일어난 순간,

아무도 몰라줬지만 꾹 참고 견뎌낸 하루

그 모든 낮의 시간이 결국 당신을 별 가까이 이끌고 있었음을.

별을 향해 애쓰던 내게 사실 가장 필요한 건

빛나는 밤이 아니라 그 밤을 지탱해준 수많은 낮들이었다는 걸

처음으로 깨달은 순간.

"별은 멀리 있지만,

그 별을 향한 당신의 낮은

매 순간 가까이에 있다."

성공도, 꿈도, 인정도 밤하늘의 별처럼 반짝이지만

그 별을 손에 쥐는 건 결국 하루하루 당신이 살아낸

'지금 이 순간'이라는 사실을

제발 잊지 말기를.

당신이 매일 포기하지 않고 살아낸 그 시간들이

어느 날 밤하늘을 올려다볼 때

당신을 향해 더 가까이 반짝일 것이다.

170

:: 밤하늘의 별처럼, 낮의 빛처럼 아름다운 당신에게

당신도 밤하늘의 별을 향해
애쓰고 있는 사람인가요?

반짝이는 무언가를 꿈꾸는 마음,
그 자체로도 이미 당신은 충분히 아름다운 존재입니다.

하지만 잊지 말아 주세요.

"당신이 묵묵히 견뎌낸 평범한 낮들이
당신의 별을 더 빛나게 만들고 있어요."

별은 밤에 피어나지만
그 빛은 낮의 시간을 기억합니다.
당신이 흘린 땀과
아무 말 없이 삼켰던 한숨,

그 모든 낮의 조각들이 모여

결국 당신만의 별빛이 되는 거예요.

오늘도 평범하게 하루를 버텨낸 당신,

그 하루가 별만큼이나 소중합니다.

별이 반짝이는 이유는

그 뒤에 긴 어둠이 있었기 때문이니까요.

밤을 걷는 당신이

낮의 빛을 잊지 않기를 바라며

이 글을 당신에게 살며시 건넵니다.

어쩌면, 괜찮아지는 중이야

"사람은 누구나 조금씩 부서지며

살아간다. 중요한 건, 그 조각들마저도

결국 나를 이루는 빛이라는 사실이다."

4장

단 한 번뿐인
삶이니까,
오늘도 다정하게

1

삶이 그대를 속일지라도 고구마는
서두르지 않는다

푸시킨은 말했다.

> "삶이 그대를 속일지라도 슬퍼하거나 노하지 말라.
> 설움의 날을 참고 견디면 기쁨의 날이 오리니."

나의 20대와 늘 함께 했던 시구절이었다.
그런데 이 시를 떠올리면 나는 '고구마'가 생각나곤 한다.

고구마를 심은 땅 위에는 무성한 넝쿨만 뻗어 있을 뿐,
보기에 대단한 열매가 달려 있는 것도 아니다.

하지만 땅속은 다르다.

그 겸손한 겉모습 뒤, 아무도 보지 못하는 어둠의 흙 속에서는

묵묵히 삶의 기적이 자라나고 있다.

어릴 적 할머니 댁에서 고구마를 캐던 기억이 있다.

호미로 흙을 파헤치면 평범한 땅속에서

크고 작은 고구마들이 줄줄이 달려 나왔다.

겉으론 아무것도 없는 것처럼 보였지만,

흙 속은 이미 보물창고였다.

어린 마음에도 그 순간은 신비로웠다.

'보이지 않는 동안에도 이렇게 자라고 있었구나.'

기특하면서도 참으로 대단했다.

무엇보다 크기가 제각각이고 모양도 들쭉날쭉하지만,

모두가 한 뿌리에서 연결되어 있었다.

그 모습은 마치 "우리는 함께였다"라고 속삭이는 것 같았다.

"빛은 위에서 오지만, 힘은 땅속에서 자란다.

서두르지 않아도 괜찮다.

고구마는 땅속에서 시간을 단맛으로 바꾼다."

아무도 알아주지 않는 땅속에서 설움의 날을 참고 견디며
언젠가 흙을 헤집고 나올 때, 그 달콤함은 기다림의 깊이만큼
진해진다.
고구마는 그렇게 땅의 신비를 품은 생명이다.

우리의 삶도 고구마와 닮았다.
눈앞에 성과가 보이지 않는다고 해서
아무 일도 일어나지 않는 것은 아니다.
보이지 않는 곳에서, 말없이 단단해지는 시간이 있다.
남들은 알아주지 않아도
그 안에서 천천히, 나만의 단맛이 자라나고 있을지 모른다.

연결된 한 뿌리의 고구마처럼
우리는 저마다 다른 길을 걷는 듯하지만,
어쩌면 태어난 순간부터 보이지 않는
줄기로 서로 이어져 있는지도 모른다.

"삶은 땅속의 고구마처럼
보이지 않는 자리에서 서로 이어지고 자라난다."

삶을 살다 보면 불공평하다고 느낄 때가 많다.
하지만 살면서 유일하게 공평한 것이 있다면
누구나 태어나고, 누구나 언젠가 죽는다는 사실일 것이다.
출발선은 같지 않아도
종착지는 모두에게 열린 길이라는 진실이
고구마의 뿌리처럼 우리를 하나로 잇는다.

우리는 같은 시간을 살며 서로의 숨결을 나누고
보이지 않는 땅속에서 뿌리를 엮으며 버틴다.
그래서 누군가의 성장과 결실은 혼자의 것이 아니라
연결된 모두의 열매일지도 모른다.

우리는 자주 "내 노력만으로 여기까지 왔다"고 말하지만
사실 우리의 줄기에는 수많은 이들의 마음이 얽혀 있다.
스승의 말, 친구의 웃음, 가족의 땀,
스쳐 지나간 낯선 이의 친절까지도

그 모든 것이 뿌리를 타고 흘러들어와 내 삶을 살찌운다.

"삶은 혼자가 아니다.
흙 속 고구마처럼 서로의 숨결을 나누며 자란다."

하나의 줄기 안에서 자라나는 고구마처럼
우리는 서로의 삶 속에서 자라고 있다.
그래서 '더불어 살아간다'는 말은
이미 땅속에서 오래전부터 증명된 삶의 방식이다.

삶이 버겁고 외로울 때면 나는 고구마를 떠올린다.
땅속에 묻혀 있으면서도 혼자가 아니고
어딘가로 이어져 있다는 그 사실.
그것만으로도 마음이 따뜻해진다.

고구마가 숙성될수록 단맛이 깊어지듯
우리의 삶도 기다림과 경험이 더해질수록 익어간다.

"설움의 날을 참고 견디는 것이
결국 달콤한 날을 만드는 과정이다."

:: 삶이 외롭고 버거운 당신에게

당신의 삶이 때로는

아무 빛도 들지 않는 흙 속 같을지라도 걱정하지 마세요.

겉으로는 아무 일도 일어나지 않는 것처럼 보여도

그 어둠 속에서는 분명 무언가가 자라고 있습니다.

삶은 보이지 않는 순간에도 결코 멈추지 않습니다.

"보이지 않는 흙 속의 시간들이

결국 삶을 가장 달콤하게 만든다."

이 문장을 마음속에 오래 간직해 주셨으면 합니다.

삶이 버겁고 외로울 때 고구마를 떠올려 주세요.

아무도 알아주지 않는 땅속에서

설움의 날을 참고 견디던 고구마가

결국 달콤한 맛으로 세상에 나오듯

당신의 기다림과 인내도

언젠가 빛나는 열매로 드러날 것입니다.

고구마가 숙성될수록 단맛이 깊어지듯

우리의 삶도 기다림과 경험 속에서 비로소

진한 향기를 내기 시작합니다.

그러니 서두르지 마세요.

그저 묵묵히 당신을 위한 수확의 계절을 기다리세요.

삶은 결국 당신에게 가장 달콤한 날을 선물할 테니까요.

"아무도 몰라준 땅속의 날들이

언젠가 당신을 가장 빛나게 할 테니까요."

어쩌면, 괜찮아지는 중이야

2

**덧셈과 뺄셈, 그 두 가지만으로도
인생은 행복해질 수 있다**

수학 시간에 배우던 가장 기초적인 계산법, 덧셈과 뺄셈.

우리는 그걸 너무나 당연하게 숫자에만 쓰는 공식이라 여겼다.

늘 무엇을 더해야만 행복해진다고 믿는다.

더 큰 집, 더 좋은 직장, 더 많은 성취.

하지만 살아가다 보니 덧셈과 뺄셈은 삶에서도

꽤 유용하다는 걸 알게 되었다.

어느 여름, 지친 일상 속에서 억지로 시간을 내

친구와 해남으로 떠난 적이 있다.

특별할 것 없는 하루였지만, 돌아오는 길 차 안에서

서로가 찍은 사진을 보여주며 웃음꽃을 피우던

그 순간이 아직도 마음에 남아 있다.

유럽여행처럼 화려한 풍경도,

고급스럽고 비싼 음식도 없었지만

그 하루의 소중한 추억 하나가

내 삶에 더해지면서 마음이 한결 풍성해졌다.

그러나 행복은 덧셈만으로 완성되지 않았다.

그 무렵 나는 스스로에게 불필요한 짐들을 지우고 있었다.

필요 이상으로 많은 모임, 내려놓지 못한 미련들,

그 모든 걸 하나씩 빼내고 나서야 비로소 가벼워졌다.

소박한 독서의 시간, 따뜻한 커피 향,

저녁 하늘을 바라볼 수 있는 여유가 돌아왔다.

그건 바로 뺄셈이 주는 평온이었다.

무겁게 나를 누르고 있던 것들을 덜어내자

오히려 더 많은 숨결이 내 삶에 스며들었다.

어쩌면, 괜찮아지는 중이야

그리고 깨달았다.

행복해지고 싶을 땐 '더하고', '빼는 것'만으로도 충분하다는 걸.

"좋은 사람을 더하고, 나를 아프게 하는 사람은 빼자."

돌아보면 행복은 언제나 덧셈과 뺄셈의 균형 속에 있다.

웃음을 더하고 걱정을 빼고, 고마움을 더하고

미련을 빼는 간단한 연산이 나를 지켜오고 있다.

화려한 곱셈이나 복잡한 나눗셈이 아니어도 된다.

작은 덧셈과 뺄셈만으로도 인생은 충분히 빛날 수 있다.

이 단순한 법칙 하나로 당신의 하루는 한결 가벼워질 수 있다.

괜히 나를 작아지게 만드는 비교, 쓸데없는 걱정,

지나친 자책은 살짝 빼보자.

대신, 커피 향이 좋은 아침을 더하고

누군가의 다정한 문자 한 줄을 더하고

햇살 좋은 창가에서 잠시 쉬는 시간 하나를 더해보자.

그 작은 덧셈 하나하나가

당신의 마음을 천천히 따뜻하게 바꿔줄 것이다.

"인생을 계산할 때, 꼭 곱셈이나

나눗셈까지 할 필요는 없다.

덧셈과 뺄셈만으로도 충분히

균형 잡힌 하루를 만들 수 있으니까."

복잡한 성공 공식보다

오늘 한 가지 좋은 습관을 더하고

하루 한 번 부정적인 생각을 빼는 것.

그 작은 연산이 인생이라는 긴 수식에서

가장 중요한 밑줄이 되어줄 것이다.

"나에게 필요한 것만 더하고,

더 이상 필요 없는 건 미련 없이 뺄 수 있다면

그것만으로도 우리는 꽤 괜찮은 삶을

살아가고 있는 것이다."

어쩌면, 괜찮아지는 중이야

:: 인생의 덧셈, 뺄셈에 서툰 당신이라면

지금,

모든 걸 다 가지지 못해 괴로워하고 있진 않나요?

그렇다면 너무 복잡하게 생각하지 말고

가장 단순한 공식부터 다시 시작해 보세요.

덧셈과 뺄셈부터 다시 시작해 보세요.

덧셈과 뺄셈, 그 두 가지만으로도

삶은 균형을 찾아갈 수 있으니까요.

행복이란 그리 화려하지 않아도 괜찮아요.

조금 더하면 풍성해지고, 조금 덜면 가벼워지는 것.

이 단순한 원칙이 당신 삶을 더 따뜻하게 만들어 줄 거예요.

"덧셈과 뺄셈만 잘해도

인생은 꽤 근사한 계산이 됩니다."

오늘, 당신이 더할 것은 무엇인가요?

그리고 과감히 뺄 수 있는 것은?

지금 이 순간부터

행복해지는 연산을 시작해보세요.

어쩌면, 괜찮아지는 중이야

3

바람, 갈대 같은 사람이라도 좋다

사람들은 말하곤 한다.

"갈대처럼 흔들리는 사람 되지 마."

"중심 없는 사람은 믿을 수 없어."

하지만 정말 그럴까?

흔들리는 건 약함의 증거일까?

나는 그렇게 생각하지 않는다.

갈대는 바람에 흔들리지만, 꺾이지 않는다.

가느다랗고 연약해 보여도 웬만한 폭풍에도

꼿꼿이 살아남는다.
흔들림은 나약함이 아니라
세상과 조화를 이루는 가장 현명한 방식일지도 모른다.

<blockquote>

"흔들린다는 건,

바람을 느끼고 있다는 증거다."

</blockquote>

감정에 솔직해서 흔들리고
상처받기 쉬워서 무너질까 두려워하는 마음,
그건 오히려 사람다움의 표식이다.

때로는 중심만을 고집하다가
세상의 변화에 등을 돌리고
누군가의 아픔에 귀 기울이지 못할 때가 있다.
하지만 갈대 같은 사람은
누군가의 말 한마디에도 눈길을 주고
세상이 변하면 자신의 마음도 그에 맞춰 물들 줄 안다.

<blockquote>

"흔들릴 줄 아는 사람만이

</blockquote>

190

다른 이의 떨림에도 귀 기울일 수 있다."

어쩌면 강하다는 건
한 번도 부러지지 않는 게 아니라
부러진 후에도 다시 일어설 수 있는 유연함일지도 모른다.

바람을 피하는 대신,
바람 속에서도 나를 지키는 법을 아는 사람.
그게 바로 갈대 같은 사람이다.

누군가 갈대 같다고 말해도
그건 비난이 아니라 당신의 아름다움이다.
당신은 살아 있는 모든 것에 반응할 줄 아는 사람이고,
그 흔들림 속에서 자신만의 균형을 찾아가는 중이니까.

"바람이 분다는 건,
아직 꺾이지 않았다는 증거다."

흔들리는 갈대도 뿌리는 깊다.

그 깊은 뿌리 위에서

오늘도 당신은 조용히

흔들리며 살아내고 있다.

:: 갈대처럼 흔들리는 당신이라면

혹시 요즘
자꾸만 흔들리는 자신을 탓하고 있지는 않나요?

괜찮아요.
흔들리는 건 부끄러운 일이 아니에요.
오히려 당신이 얼마나 깊이 살아가고 있는지를
세상에 보여주는 방식일지도 몰라요.
당신은 갈대처럼 흔들리면서도
끝내 꺾이지 않는 사람입니다.
그건 당신이 여전히 세상의 바람을 느끼며
살아 있다는 증거이니까요.

갈대는 바람에 휘청이지만 쉽게 꺾이지 않습니다.
흔들림 속에서도 중심을 잃지 않고
끝내 제자리로 돌아옵니다.

당신도 그래요.

"흔들려도 괜찮아요.
당신은 이미 충분히 단단한 사람이에요."

그러니 갈대 같은 자신을 부끄러워하지 마세요.
그건 당신만의 유연한 힘이고
누구도 흉내 낼 수 없는 강인함이니까요.

"흔들려도 괜찮아요.
중요한 건, 당신이 결국 어딘가에
단단히 뿌리내리고 있다는 사실이에요."

4

작아 보여도 결코 작은 일은 없다

어느 아침, 책상 위에 놓인 따뜻한 커피 한 잔이 눈에 들어왔다.

그건 단지 커피 한 잔이었지만,

누군가의 조용한 배려가

나의 하루를 견디게 해주었다.

이상하게 마음이 따뜻해졌다.

그리고 그 순간 깨달았다.

'세상에 정말로 작은 일은 없구나'라는 걸.

우리는 종종 거창한 일만이 의미 있다고 착각한다.

눈에 띄는 성과, 대단한 성공,
모두가 주목하는 결과만이 가치 있다고 믿는다.
하지만 실은, 그보다 더 위대한 건
작지만 진심 어린 순간들이다.

지친 친구에게 건네는 "괜찮아"라는 한마디,
버스에서 자리를 양보하는 사소한 몸짓,
누군가의 이야기를 끝까지 들어주는 고요한 귀.
그 모든 작은 행동들이 모여
누군가의 하루를, 인생을 부드럽게 바꾸곤 한다.

"세상의 모든 큰일은
누군가의 '작은 행동'에서 시작된다."

어떤 사람은 새벽에 길을 쓸며
누군가의 하루가 미끄러지지 않도록 돕고,
어떤 사람은 병실의 불빛 아래서
낯선 이의 고통을 묵묵히 돌본다.
또 어떤 사람은 창가의 불빛처럼

누군가의 귀가를 기다리며 밤을 지킨다.

우리는 그 일들을 쉽게 지나치지만
그 일이 없었다면 우리의 일상도 없었을 것이다.
작아 보여도, 사라져도 모를 것 같아도
세상은 그런 조용한 헌신들 위에 서 있다.

"누군가의 소중한 하루는
누군가의 평범한 하루 덕분에 완성된다."

그러니 오늘도 당신이 하는 그 일,
아무도 알아주지 않아도
절대 '작은 일'이 아니다.

당신이 불 켜놓은 그 자리 덕분에
누군가는 어둠을 두려워하지 않을 수 있다.
세상은 누군가의 작아 보이는 마음들로
매일, 아주 천천히, 더 좋은 곳이 되어가고 있다.

:: 삶의 노트마다 작은 다정함을 채워가고 있는 당신에게

"나는 대체 오늘 뭘 한 걸까?"
스스로에게 그렇게 물으며
조용히 하루의 끝을 접고 있진 않나요?

하루를 다 써 내려간 노트에
누군가는 '별거 없었다'고 적겠지만
그 하루엔 분명 의미가 있었어요.

당신이 참아낸 말 한마디
내색하지 않고 넘긴 서운함
조금 돌아가더라도 누군가를 배려한 선택
모두 작아 보여도
누군가의 마음을 따뜻하게 덮어주는
햇살 같은 순간이었어요.

어쩌면, 괜찮아지는 중이야

"삶은 거대한 업적이 아니라
작은 다정함들로 채워지는 기록이에요."

당신이 오늘 건넨 그 미소 하나
먼저 내민 인사 한마디
도움을 주기 위해 살짝 멈춘 그 걸음
누군가는 분명 기억하고 있을 거예요.
당신이 몰라도, 당신이 잊어도
그 다정한 파동은 마음에서 마음으로 전해지니까요.

"세상에 결코 작은 일은 없어요.
당신이 살아낸 그 하루가
누군가에게는 봄빛 같은 위로이자 희망이었을지 몰라요."

그러니 오늘의 당신을 가볍게 여기지 마세요.
그 하루가
세상의 어딘가를 더 따뜻하게 만들었을 거예요.

5

마음대로만 되는 인생에도 슬픔은 있다

"그 사람은 뭐든 잘 풀리는 것 같아."
우리는 가끔 그렇게 누군가를 부러워하곤 한다.
늘 웃고 있는 얼굴
늘 성공하는 모습
늘 부족함 없어 보이는 삶.

그런데 진짜 인생은 그토록 마음먹은 대로만 흘러가도
슬픔이 찾아올 수 있다.

모든 걸 이룬 사람도

어쩌면, 괜찮아지는 중이야

혼자 있는 밤이면 불쑥 밀려오는 공허함에 마음이 젖고,

원하는 걸 다 가진 사람도

가장 원하던 '마음의 자리'는 비어있을 수 있다.

"성공한 인생에도 눈물은 있고

웃고 있는 얼굴에도 고요한 그늘이 있다."

우리는 모두

겉으로 보이는 풍경만으로

그 사람의 계절을 오해할 때가 많다.

하지만 아무리 햇살이 가득한 들판이라도

그늘 하나쯤은 자라고 있지 않나?

'내 뜻대로 되지 않아서 괴롭다'는 마음 뒤에는

'마음대로 되어도 외로운 사람도 있다'는 진실이 숨어 있다.

그래서 비교는 늘

우리의 마음을 틀어지게 만든다.

자신의 걸음이 느리다고 슬퍼하지 말자.

빠르게 걷는 사람도
그저 넘어지지 않기 위해 애쓰는 중일 수 있으니까.

　　　"마음대로 되는 인생에도 슬픔은 찾아오고
　　　마음대로 되지 않는 인생에도 기쁨은 스며든다."

결국 삶은,
결핍과 완성 사이를 오가는 파도다.
언제나 채워지지 않은 무언가가 우리를 사람답게 만들고
가득 찼던 순간들조차 다시 비워질 때
우리는 또 하나의 배움을 얻는다.

　　　　　　　　　　　　　　어쩌면, 괜찮아지는 중이야

:: 마음대로 되지 않는다고 슬퍼하는 당신에게

자꾸만 누군가의 인생을 부러워하고 있진 않나요?
그 마음, 충분히 이해해요.
하지만 기억해 주세요.
보이는 것만이 전부는 아니에요.

> "마음대로 되는 삶에도 슬픔은 있고,
> 마음대로 되지 않는 삶에도 의미는 있어요."

그러니 오늘도
당신의 속도대로 하루를 걸어가 주세요.
조금 느려도 괜찮고,
가끔은 눈물이 흘러도 괜찮아요.

삶이란, 누구에게나
비를 몰래 숨기고 있는 맑은 하늘 같은 거니까요.

"햇살만 가득한 날보다
가끔 비가 내려야 무지개도 뜨는 법이니까요."

당신의 날씨가 어떤 모습이든,

오늘도 잘 살아내고 있는 당신에게

따뜻한 응원을 보냅니다.

어쩌면, 괜찮아지는 중이야

6

때론 용기 있는 포기가 나를 더 단단하게 만든다

'포기'라는 단어는 참 깊고도 묘한 울림을 가지고 있다.

입술에 올리는 순간 마음이 무거워지고

가슴에 담아두면 왠지 모르게 죄책감이 든다.

그건 '포기'를 나약함과 같은 말로 배워온 탓일지도 모른다.

달리기할 때도 포기하지 않고 끝까지

완주한 사람에게는 큰 박수를 보낸다.

반면, 중간에 멈춘 사람에게는 격려보다

충고가 먼저 따라온다.

그래서 우리는 언제나 '버텨야만 성공할 수 있다'고 믿는다.

포기하는 순간, 낙오자가 되는 것 같아서.

나 역시 그랬다.
20대에 대학을 막 졸업한 나는 시험 준비에 매달렸고,
새벽마다 눈을 비비며 같은 시간에 일어나 도서관으로 향했다.
쌓여가는 책더미와 빽빽한 플래너, 수없이 반복한 암기 노트.
"이 시험에 떨어지면 내 미래는 없을 거야."
그 불안감이 나를 옭아맸다.

시험에 통과한 뒤에도 삶은 도전의 연속이었다.
새로운 기회가 오면 망설임 없이 달려들었다.
마치 달리는 기차 위에서 또 다른 기차를 붙잡아 타는 것처럼
늘 숨이 가쁘도록 바쁘게 매진했다.

심지어 취미로 하는 일조차도 '여유'보다는 '의무'가 되었고
'열심히'라는 익숙함 속에서 즐거움은 사라지고
성취해야 한다는 압박감만 대신했다.
책을 읽을 때도, 글을 쓸 때도, 음악을 들을 때도
마음 한편에서는 속삭였다.

어쩌면, 괜찮아지는 중이야

'어느것 하나도 놓치지 말고 제대로 해내야 해.'

그러던 어느 날, 요가를 배우던 때였다.
처음엔 하나의 동작을 끝까지 버텨내는 게
중요하다고 생각했다.
허벅지가 떨리고 호흡이 가빠와도 이를 악물고 버텼다.
그렇게 오래 버틴 만큼 더 단단해질 거라 믿었다.
하지만 그런 내 모습을 보신 선생님이 다가와 말했다.

"힘을 줄 때와 뺄 때를 구분하세요."

그 말이 마음을 멈춰 세웠다.
나는 늘 힘을 주는 쪽에 익숙했다.
'포기하지 않아야 한다'는 마음으로
끝까지 버티고, 마지막까지 열심히 하고, 더 완벽해지려는 쪽.

그러다 너무 힘을 준 나머지 결국 부상을 입게 되었다.
열심히 해온 나에게 돌아온 것이
고작 부상이라니.

'이제 요가는 하지 말아야겠구나'라는 결론에 이르게 되었다.

하지만 시간이 지나면서 깨달았다.
요가는 내 한계를 억지로 밀어붙이는 훈련이 아니라
내 몸과 마음이 흘러가는 길을 느끼는 시간이었음을.
힘들 땐 과감히 풀어내고,
호흡을 고른 뒤 다시 자세를 잡는 순간에
비로소 균형이 찾아온다.

"힘을 줄 때와 뺄 때를 아는 것,
그것이 진짜 균형이다."

포기는 실패가 아니라
내가 진짜 원하는 것을 향해 나아가는 전환점이다.
돌이켜보면 '왜 그토록 포기하지 않고
버텨야 한다고만 생각했던 것일까?'
놓아야 할 때 놓지 못하는 이유는 두려움 때문이었던 것 같다.

'혹시 뒤처질까

어쩌면, 괜찮아지는 중이야

혹시 인정받지 못할까

혹시 이 선택이 잘못된 건 아닐까.'

그러나 삶에서 더 두려운 건 끝까지 붙잡은 채

스스로를 잃어버리는 일이다.

어쩌면 삶은 붙잡을 것과 놓을 것을

구분해가는 과정인지도 모른다.

뜨거운 불덩이를 손에 쥔 채 그걸 놓지 못하는 마음.

돌멩이를 꽉 쥐고 별을 잡고 싶은 욕심.

손을 펴고 내려놓아야 얻을 수 있는 것들이 있다.

그건 포기한 뒤의 빈자리, 바로 '여유'이다.

> "포기란 끝이 아니라,
>
> 새로운 시작을 위한 여백이다."

일과 관계, 꿈과 목표도 마찬가지다.

끝까지 버티는 게 늘 옳은 건 아니다.

내 마음이 무너지고, 나다움이 사라진다면

그것은 더 이상 성장이 아니라 소모이기 때문이다.

"붙잡는 용기가 나를 단단하게 만든다면
놓는 지혜는 나를 더 깊게 만든다."

:: 포기가 두려운 당신에게

지금 무언가를 붙잡고 있느라 너무 지쳐 있지는 않나요?
사람들은 흔히 끝까지 버티는 것이 진짜 용기라고 말합니다.
하지만 저는 이제 이렇게 말하고 싶습니다.
때론 용기 있는 포기가 우리를 더 깊고 단단하게 만든다고.

포기란 새로운 시작을 위한 여백이에요.
가끔은, 내려놓아야 비로소 나를 지킬 수 있습니다.
빈손이 되는 순간,
그 안에는 '여유'와 '숨'이 들어오기 때문이에요.

"삶은 버팀의 연속이 아니라
붙잡을 것과 놓을 것을 구분하는 과정이 아닐까요?"

그러니 두려워하지 마세요.
당신이 무엇을 내려놓더라도

그것은 더 나은 길로 향하는 걸음일 수 있습니다.

때론 잠시 멈춰 서는 그 순간이야말로
삶이 우리에게 건네는 가장 다정한 초대일지도 모릅니다.

오늘 이 글을 읽는 당신이
스스로에게 이렇게 속삭일 수 있기를 바랍니다.

"나는 도망치는 것이 아니라
나를 지켜내기 위해 포기한다."

어쩌면, 괜찮아지는 중이야

7

뭐할라꼬, 그냥 그렇게 사는 기라

내 친구 중 한 명은 입버릇처럼 "뭐할라꼬~"란
말을 자주 한다.
힘든 일이 닥쳐도, 억울한 일을 겪어도
누군가 왜 그러냐고 물으면
그 친구는 어깨를 한번 으쓱하고
익숙하게 그 말을 내뱉는다.

"뭐할라꼬…."

처음엔 그 말이 그저 경상도식 말버릇인 줄 알았다.

그런데 함께 지내다 보니, 이제는 그 말의 무게를 알 것 같다.
이 말은 뭐든 덮어놓고 행동하기 전에
정말로 필요한 일인지, 아니면 괜한 고집인지
잠깐이라도 스스로를 돌아보게 만든다.
'물음'이라기보다 멈춰서 숨을 고르게 해주는
'쉼표' 같은 말이다.

"아마도 '뭐할라꼬' 라는 말은
멈추어 돌아보게 하는 질문의 언어인지도 모른다. "

그 짧은 한마디 안에 얼마나 많은 마음을 삼키고 있는지
아무리 힘든 일이 있어도
다음 날이면 아무 일 없다는 듯 웃으며 출근하는 친구.
울음을 꾹 삼키며 집으로 돌아가는 길에
나지막이 흘리던 그 말.

"뭐할라꼬, 살아야지 뭐."

그건 변명도, 체념도 아니다.

어쩌면, 괜찮아지는 중이야

설명하지 않아도 이해받고 싶은 마음,
스스로를 다독이며 오늘 하루도 꿋꿋이 버티는 이들에게
딱 맞는, 작고 단단한 방패 같은 말이었다.

"왜냐고 묻지 마라.
사는 게 다 그런 기다.
그냥~ 뭐할라꼬."

살다 보면 이유 없는 순간이 더 많다.
'왜 참았어?'
'왜 거길 갔어?'
'왜 끝까지 했어?'
그 질문들 앞에 우리는
그럴싸한 이유를 늘어놓기보단
그저 고개 숙인 채 중얼거리게 된다.
"뭐할라꼬…."

설명할 수 없어도 버텨야 했던 밤들,
혼자 이불 속에서 참았던 눈물,

웃으며 넘겼지만 속으로 다 무너졌던 날들.
그 모든 걸 다 끌어안고도 이유를 말하지 못할 때
우리는 그냥 그렇게 살아간다.

"가끔은 살아내는 것 자체가
가장 큰 이유일지도 모른다."

모든 게 무너져버린 것 같아도
나조차 나를 잃어버릴 만큼 흔들렸던 날에도
그 모든 순간을 지나온 나에게
내 친구는 늘 위로의 말처럼 말한다.

"세상이 좀 삐뚤어도
니만 안 삐뚤어지면 된다.
뭐할라꼬~ 그냥 그렇게 사는 기라."

그 말에 나는 문득 눈물이 핑 돌았다.

어쩌면, 괜찮아지는 중이야

:: 이유를 몰라도 계속 걸어가는 당신에게

지금

설명할 수 없는 마음을 가슴 깊숙이 꾹꾹 눌러 담은 채

오늘을 살아내고 있나요?

누구에게도 말 못 할 아픔,

이유를 설명할 수 없는 선택들.

그 모든 걸 혼자 안고 있는 당신.

그저 이 말 하나만은 꼭 전하고 싶어요.

"그 힘든 걸 하고 있는 당신,

정말 대단한 사람이에요.

'뭐할라꼬'라고 말할 수 있다는 건

이미 하루를 잘 살아낸 사람만이 할 수 있는 말이니까요."

당신이 지금도 이렇게 버티고 있다는 것만으로

이 세상 어딘가엔 분명 따뜻한 빛 하나가 켜지고 있어요.

그러니, 오늘 하루도

뭐할라꼬!!!

어쩌면, 괜찮아지는 중이야

8

이 삶은 단 한 번뿐이니, 조금 더
너그러워져도 괜찮다

어느 날 문득,

"삶은 왜 이렇게 복잡할까?" 하고 중얼거린 적이 있다.

누구도 알려주지 않은 문제지를 들고

답을 찾기 위해 애쓰는 것처럼

하루하루가 버거울 때가 있다.

하지만 또 어떤 날은

햇살 한 줌에 마음이 풀리고

길가에 핀 이름 모를 꽃 하나에

괜히 웃음이 나는 순간이 찾아온다.

그럴 때 생각한다.

삶은 결국

우리가 '기억하고 싶은 장면들'로 채워지는 게 아닐까.

어릴 적 우리는

사진 찍을 때마다 가장 예쁜 미소를 지으려 했다.

왜냐하면 그 순간이 다시 오지 않을 걸 알았기 때문이다.

지금은 하루하루에 치여

그 '단 한 컷'을 남길 여유조차 없지만

돌아보면 삶이란 결국 그런 것 같다.

"삶은 '한 번뿐'이기에 완벽할 필요가 없고,

'단 한 번뿐'이기에 지금 이 순간을 더 사랑해야 한다."

다시 오지 않을 순간들,

단 한 번뿐인 지금.

그래서 더욱 아껴야 한다.

작은 기쁨 하나

소중한 인연 하나

지금 이 순간 나와 함께 있는 나 자신까지도.

"그래, 단 한 번뿐인 삶이니까

조금 서툴러도 괜찮다.

빨리 가지 않아도 괜찮고,

남들처럼 살지 않아도 괜찮다."

중요한 건

내가 내 삶에 얼마나 진심이냐는 것.

그 어떤 드라마보다도

내가 살아가는 이 현실이 가장

찬란한 이야기라는 걸 잊지 않는 것.

나를 울린 날들도

또 나를 웃게 한 날들도

모두 내가 지나온 소중한 흔적이 되어 남는다.

어쩌면 우리는

삶의 정답을 찾기 위해 사는 게 아니라

자기만의 문장을 써 내려가기 위해

오늘을 살아가는 건지도 모른다.

"이 삶은 단 한 번뿐이니

조금 더 스스로에게 너그러워져도 괜찮다.

지금의 당신, 그대로 충분하니까."

어쩌면, 괜찮아지는 중이야

:: 오늘도 마음을 다해 살아낸 당신에게

삶이 너무 느리게 흘러가는 것 같다고 느껴지진 않나요?
주변은 모두 앞서 나가는 것 같은데
나만 제자리걸음을 걷고 있는 것 같아
속상하고 조급한 마음이 들지는 않나요?

당신의 SNS에는
누군가는 여행을 떠나고
누군가는 새로운 자격증을 따고
누군가는 멋지게 웃고 있죠.

그걸 바라보며
"나는 왜 이만큼밖에 못했을까?"
그런 생각이 스멀스멀 올라와
스스로를 초라하게 만들 때도 있을 거예요.

하지만 잠시,
그 모든 비교의 프레임에서 벗어나
당신의 하루를 천천히 들여다봐 주세요.

어제보다 한 걸음 더 나아간 당신
힘든 와중에도 인사를 건넨 당신
지쳐도 포기하지 않고 하루를 마무리한 당신.

그건 그 누구도 대신할 수 없는
당신만의 고유한 장면이에요.
마치 단 한 편뿐인 영화처럼요.

"당신의 하루는
그 어떤 영화와도 비교할 수 없는 단 하나의 이야기예요.
속도가 느려도, 장면이 단조로워 보여도
그 모든 것이 당신을 완성시키는 귀한 순간들이에요."

당신이 지나온 작은 선택들
마음속에서 몰래 삼킨 눈물

어쩌면, 괜찮아지는 중이야

아무 말 없이 감당해 낸 책임과 노력
모두 당신이라는 작품의 일부예요.

그러니 너무 조급해하지 마세요.
누구보다 천천히
그러나 가장 진심으로 살아가고 있는 당신이
정말 자랑스럽고 대단하답니다.

"당신의 인생이라는 영화는
지금 이 순간도 여전히 아름다운 클로즈업 중이에요.
부디 그 장면들을 외면하지 말고
당신 스스로 따뜻한 관객이 되어 주세요."

오늘 하루도
그 누구보다 묵묵히 견뎌낸 당신에게
가장 큰 박수를 보냅니다.

"비교하지 말고 감상하세요.
당신의 이야기는
이미 충분히 아름답고 감동적이니까요."

작가의 말_당신의 마음에 오래 머무는 문장이 되기를

어느 날 문득 그런 생각이 들었습니다.
누군가의 말 한마디가, 아무 이유 없이 가라앉던 내 마음을
다시 떠오르게 한 적이 있었지요.
그 말은 유난히 특별하거나 화려하지 않았지만
어딘가 단단하고 다정했습니다.
그때 저는 깨달았어요.

진짜 위로는
조용히 마음 옆에 앉아주는 말이라는 걸요.

이 책을 쓰는 동안 저는
수없이 흔들리고, 부서졌다가도 다시 일어서는
'나'와 '당신'의 얼굴을 떠올렸습니다.
가장 힘들었던 날에도
아무렇지 않은 듯 웃고 있는 누군가의 표정

어쩌면, 괜찮아지는 중이야

그 이면에 숨어 있는 눈물과 외로움을
안아주고 싶다는 마음으로 한 문장, 한 문장 써 내려갔습니다.

사람들은 흔히 말합니다.
"괜찮아, 다 잘될 거야."
하지만 정작 우리가 자신에게
그 말을 해준 적이 얼마나 있었을까요?

이 책은 그저 '괜찮다'고 말하는 위로가 아닙니다.
당신이 지금 있는 그 자리,
누군가에게는 아무렇지 않은 하루일지라도
당신에게는 얼마나 고된 싸움이었는지를
정말로 알아주고 싶은, 진심 어린 마음입니다.

어쩌면 당신은 지금도
누군가의 기대에 맞추기 위해 애쓰고 있을지도 모릅니다.
하지만 부디, 그 모든 다정함 속에서
당신 자신을 잊지 말아 주세요.
당신이 외면했던 그 마음이

사실은 가장 먼저 껴안아야 할 존재라는 걸

이 책의 문장들이 조용히 알려줄 수 있기를 바랍니다.

"누군가의 말에 무너지지 않도록

당신 스스로가 가장 단단한 울타리가 되어 주세요."

삶은 생각보다 다정하고,

그 다정함을 가장 먼저 믿어줘야 할 사람은

다름 아닌 당신 자신입니다

이 책이 당신 마음 한켠에 조용히 불을 밝혀주는

작은 별 하나가 되길 바랍니다.

언제든 다시 펼쳐볼 수 있는

당신 편의 문장이 되길 바라며

— 언제나 당신 곁에 있고 싶은 작가 드림

어쩌면, 괜찮아지는 중이야